Amour et Croissants Chauds

Alex VOX

Amour et croissants chauds

ROMAN

© 2021 Alex Vox
Édition : BoD – Books on Demand,
12/14 rond-point des Champs-Élysées, 75008 Paris
Impression : BoD - Books on Demand,
Norderstedt, Allemagne

Illustration : Alex Vox

ISBN : 9782322378807
Dépôt légal : Juillet 2021

À toi, Stéph, qui sait me montrer que tout est possible quand on croit en ses rêves assez fort.

Alex.

Prologue

— Enfin des vacances ! s'écria Stéphanie en levant les bras. J'y croyais plus. Une année horrible. À oublier. Je vais en profiter à fond. À moi le farniente. Plus de collègues, de clients et d'appels incessants.

À peine ces mots prononcés, elle sauta dans l'autocar. C'était le début de la matinée, le soleil d'été, déjà très chaud, éclairait ses yeux bleu clair d'une rare intensité. Une odeur âcre de goudron fraîchement posé remplissait l'atmosphère. Les autres passagers se pressaient dans un flot multicolore. Besançon. Elles allaient quitter cette ville historique pour parcourir près de sept cents kilomètres. Elle promena son regard tout autour d'elle. Elle s'assura qu'aucune fissure ne lézardait les parois. Elle huma l'air et fut satisfaite de ne sentir aucun effluve de gasoil.

— Amandine, tu traînes ! déclara-t-elle à son amie qui peinait à hisser son bagage. Si tu étais plus épaisse que la crêpe que tu as mangée ce matin, tu pourrais porter ton maquillage. File-moi ça. Même mes dossiers pèsent plus lourd que toi.

Elle jeta son sac de voyage sur son épaule et souleva la valise aussi facilement que si elle ne contenait rien. Elles progressèrent dans l'allée en lisant le numéro des places, inscrit derrière les sièges.

— Tu exagères Amandine. Elle n'est pas si lourde, se moqua Stéphanie en riant.

— Je sais, je n'ai pas dit le contraire, mais pour monter des marches c'est encombrant, protesta-t-elle, tandis qu'une légère rougeur teintait ses joues. Je n'arrivais pas à passer, avec tout le monde qui me poussait pour avancer.

Stéphanie mâchait son chewing-gum à la menthe en soupirant. *Tu m'exaspères*, pensa-t-elle.

Cette discussion attira l'attention de Lucie qui se rapprocha des deux amies. L'une d'elles grande et filiforme dépassait l'autre, de taille moyenne et assez ronde. Comme elle, elles avoisinaient les quarante ans. Lucie sourit. Le caractère bien trempé de la femme dont les formes généreuses remplissaient les vêtements, lui plaisait bien. Elle portait une valise cabine absolument identique à la sienne, dont la couleur rouge brillait au soleil. Elle ignorait ce qui se trouvait dans celle des filles, mais dans la sienne était dissimulée une chose très spéciale. Parée à exécuter l'échange, elle patientait. Elle surveillait les allées et venues au cas où. La douane réalisait des contrôles fréquents ces derniers temps, ce qui ne l'inquiétait pas. L'objet passerait inaperçu. Le danger l'excitait. Si elle échouait, elle savait ce qui l'attendait. Mieux valait réussir. Deux vieilles dames s'assirent dans les ultimes places libres sur les fauteuils noirs et rouges un peu élimés. Lucie constata que, pour une fois, sa mission s'annonçait facile. Quarante petits centimètres la séparaient de sa cible. Elle ferait appel à son charme légendaire, emploierait un tour de passe-passe et l'affaire serait dans le sac. Ensuite, elle prendrait quelques jours de repos bien mérités et disparaîtrait.

La plus ronde des femmes détourna les yeux dans sa direction. Quel magnifique regard ! Le corps de Lucie tout entier se mit à frissonner tandis qu'une sorte de pouvoir magnétique voulut la conduire dans ses bras. Elle désirait la serrer contre elle, sentir sa poitrine se tendre contre la sienne, lui faire l'amour, une fois, puis deux. Elle ferma les paupières et compta jusqu'à cinquante, en prenant soin de respirer profondément entre chaque chiffre. Son cœur retrouvait petit à petit un rythme normal. *Attention à toi*, se sermonna-t-elle intérieurement, *plaisir et travail ne font pas bon ménage. Souviens-toi de ta dernière histoire.*

Le regard de cette femme aux yeux magiques revenait régulièrement sur elle.

— Je ne crois pas aux horoscopes. L'autre jour, ils t'avaient prédit une délicieuse rencontre. Tu avais vu des choux à la crème dans la pâtisserie. Tu les avais mangés, ronchonna-t-elle en essayant de calmer la crampe débutante qui s'emparait de son mollet.

— Et oui Steph, n'empêche qu'ils étaient très bons ces choux ! Tu remarques toujours le pire dans tout et chez tout le monde. En plus, je t'ai dit que c'est le tien qui te promettait : « une aventure extraordinaire, dans laquelle pourrait naître une belle histoire d'amour », plaisanta Amandine.

Tout heureuse de partir pour un périple avec sa meilleure amie, elle savourait ce moment, indifférente à tout ce qui se déroulait autour d'elle.

Stéphanie soupira et haussa les épaules. Elle avait envie d'un café bien chaud. Lucie surveillait constamment son rythme cardiaque. Quel pouvait être le signe astrologique de cette mystérieuse femme, dont elle connaissait à présent le prénom ? Pourquoi ne s'asseyaient-elles pas ? Stéphanie souleva son sac de sport pour le glisser sur l'étagère. Il émit un bruit de plastique. Lucie se leva et pria pour que son amie garde la valise à proximité. Elle profita du fait que Steph prenait tout son temps pour caler son bagage, pour échanger les deux valises rouges. Comme Amandine regardait son téléphone portable, la substitution ne posa aucun problème. Sans quitter l'écran des yeux, elle se déplaça dans l'allée pour laisser passer Stéphanie et s'asseoir à côté de la fenêtre :

— Tu es sûre, mais vraiment certaine que ça ne te dérange pas ? Je suis beaucoup moins malade quand je peux voir la route.

— Ne t'inquiète pas pour ça, Amandine. Je ferai la sieste ou des sudokus. Si je dors, le paysage…

Le brouhaha des conversations les entêtait. La main sur la poignée de la valise, Lucie répondit au sourire de Stéphanie. Son doux parfum vanillé lui rappelait à quel point leurs corps se trouvaient proches et davantage dans quelques minutes quand elle déambulera dans l'allée pour se rendre aux toilettes. Elle sortit la tablette de sa besace et ouvrit des pages au hasard sur le navigateur. Elle ne voulait pas attirer l'attention.

Avec dix minutes de retard, le chauffeur mit enfin le contact. Elle interrompit sa lecture, rangea ses affaires et se dirigea lentement vers les commodités. Elle enleva délicatement l'étiquette nominative de la valise et la remplaça par celle qu'elle avait préparée. Elle déchiffra les coordonnées qu'elle devait mémoriser et se les répéta plusieurs fois avant de la déchirer et de la jeter par la trappe réservée à l'essuie-main en papier. Elle tira la chasse d'eau et se lava les mains avec du savon liquide dont l'odeur âcre lui donna la nausée. Si quelqu'un écoutait, il serait rassuré de savoir qu'avec son hygiène irréprochable, il ne risquait rien. Emporter un bagage dans un endroit aussi exigu surprendrait forcément. Elle espérait que les curieux mettraient ça sur le compte de la méfiance. Elle ferait attention durant tout le voyage de bien la surveiller. Elle jouait ce rôle de femme inquiète depuis longtemps maintenant. Elle regagna sa place et sentit les yeux de sa voisine d'allée se poser sur elle. Sa gorge se noua. Elle avala sa salive avec difficulté. Elle tourna la tête pour lui sourire et vérifier que la valise rouge n'avait pas bougé. Rassurée, elle s'installa sur le siège confortable et fit craquer ses doigts avant de prendre son smartphone dans sa poche de jeans et envoyer le message suivant :

« Amandine Courtet. »

1

Je vais t'étrangler Amandine ! pesta Stéphanie. Elle posa son sac de voyage et la valise de son amie sur le sol de leur chambre d'hôtel. Elle envoya valser ses chaussures et s'affala sur un des lits. Le matelas, pas assez dur, s'écrasa mollement. Le bois émit un craquement plaintif. Elle couchait dans un deux places depuis plus de vingt ans. Là, elle se sentait à l'étroit et osait à peine remuer les orteils. Une odeur de propre, presque entêtante, flottait dans la pièce. Elle tendit la main pour saisir la télécommande et alluma la télévision pour faire taire le silence. Elle aurait préféré quelque chose de plus grand, mais Amandine avait argumenté que ce serait tellement sympa de partager une chambre, comme quand elles étudiaient la gestion. Elle s'était laissée convaincre. À présent, elle le regrettait. Non seulement elle allait devoir dormir sur un matelas trop petit pour ses formes, avec le risque d'entendre Amandine ronfler toute la nuit, mais cette dernière lui avait déjà fait faux bond en s'éclipsant au bras d'une belle inconnue rencontrée dans l'autocar. Elle passait d'une chaîne à l'autre, s'arrêtant sur un reportage sur les fromages de chèvre. Elle se massa les tempes et ferma les yeux.

— J'en ai pour une minute, tu montes nos affaires ? lui avait chuchoté Amandine, en gloussant comme une dinde.

Elle l'avait plantée dans le hall, sans attendre qu'on lui donne la clef de la chambre ni de connaître son numéro.

— Une minute, tu parles, rugit Stéphanie.

Elles avaient toutes les deux imaginé et planifié ces vacances depuis cet hiver, autour de la cheminée, en regardant les flammes danser dans le foyer. Le climat de l'époque, anxiogène au possible, maladie, crise économique, leur avait donné envie de respirer un grand bol d'air et de recharger leurs batteries. La raclette fondait dans la coupelle et elles avaient décidé de partir visiter Brocéliande et d'en observer les lieux mythiques. Le côté cartésien de Stéphanie résistait à cette beauté irréelle, mais elle espérait se prendre au jeu. Sa plus vieille amie ne respectait pas sa part du contrat. Elle venait de tout gâcher.

Pourtant, Amandine, la tête sur les épaules, réfléchissait d'ordinaire avant d'agir. Ce genre de comportement ne lui ressemblait pas. À bientôt quarante ans, le célibat la pesait. À maintes reprises, elle avait évoqué son désir de se marier. Quant à Stéphanie, après plusieurs échecs amoureux, elle ne se berçait plus d'illusions. L'amour ce n'était plus pour elle. Même si une petite voix dans sa tête lui murmurait toujours que, malgré son embonpoint elle trouverait une fille bien qui la rendrait heureuse. *Quelle mouche avait-elle bien pu piquer Amandine pour qu'elle agisse ainsi et se volatilise sans ses affaires ? Sans parler du fait que ça pourrait s'avérer dangereux, ce n'était pas dans ses habitudes.*

Stéphanie jeta un œil à la valise rouge qu'elle désirait balancer par la fenêtre. Sa colère ne retombait pas. Elle soupirait, se pinçait les lèvres, s'agitait sur le lit. Elle savait que sa réaction était disproportionnée, mais n'avait pas envie de se contrôler. Son estomac émit des bruits plaintifs. Elles avaient prévu de manger un plateau-repas, toutes les deux dans leur chambre. À vingt heures, Amandine n'avait toujours pas redonné signe de vie. Stéphanie se dit qu'elle méritait bien un bon souper au restaurant. Elle se mit debout, prit une douche rapide, se coiffa et sortit. Une odeur de parfum bon marché un peu trop musqué empestait le couloir. La solitude ne l'empêchera pas de savourer son assiette. Elle avait hâte de voir quels desserts ils proposaient.

L'hôtel venait d'être refait et sa peinture d'un blanc éclatant brillait sous les lumières des lustres. La moquette bordeaux amortissait judicieusement les pas des clients qui, en toute quiétude, choisissaient les escaliers ou préféraient l'ascenseur, pour les moins sportifs d'entre eux. Comme elle en faisait partie, elle appuya sur le bouton avec son coude et attendit. Une femme arriva en courant et sauta dans la cabine à peine la porte ouverte.

— C'est assez grand pour deux, murmura-t-elle, d'une voix douce légèrement plus grave que la normale, en s'écartant contre le mur du fond pour lui laisser la place.

Stéphanie l'observa malgré elle. Ses yeux d'un vert étincelant illuminaient son visage d'un ovale sans défaut. Ses cheveux de feu retombaient en cascade dans son dos. Elles étaient sensiblement de la même taille, mais contrairement à elle, sa silhouette permettait de se vêtir très près du corps, comme le prouvaient ses habits. Stéphanie admirait son charme tout en se disant qu'un peu plus de poitrine l'aurait rendue parfaite.

Elle repensait à son horoscope. Son cœur accéléra quand les portes de la cabine se refermèrent. « *Une belle histoire d'amour* », lui avait déclaré Amandine.

L'ascenseur se mit en marche. Un grincement métallique strident résonna dans la cabine qui tressauta et s'arrêta entre deux étages. Stéphanie priait. L'angoisse lui comprimait la poitrine. Des gouttes de sueur perlèrent sur ses tempes et elle sentit ses mains devenir moites. Son souffle court et rapide hyperventilait. Des vertiges faisaient tourner sa tête. L'oxygène manquait. Elle allait mourir, certaine qu'elle ne ressortirait jamais de là. Elle regrettait sa faim. Si elle avait été plus sportive et moins énervée, elle aurait choisi les escaliers. *Amandine, c'est de ta faute !*

La rousse s'étira et appuya tranquillement son dos contre le mur. Elle plia une de ses jambes et cala sa chaussure contre la paroi. Elle émit un léger bâillement en dissimulant sa bouche avec sa main. Son calme apparent tapait encore plus sur les nerfs de Stéphanie, qui avait peur de mourir asphyxiée dans cet ascenseur. Elle voyait déjà son éloge funèbre et le sourire inconscient des gens qui imaginaient ses derniers instants. Le silence de plomb l'angoissait. Heureusement que la lumière fonctionnait toujours. Dans la pénombre elle aurait certainement perdu connaissance. Un souffle d'air de source inconnue caressa sa peau. Elle se ressaisit. Par miracle, la cabine reprit sa descente et Stéphanie respira fortement. Le bruit attira l'attention de sa compagne d'infortune. Elle tourna la tête et leurs regards se croisèrent. Son charme agissait sur elle sans qu'elle parvienne à résister. Sa peau se couvrit de frissons. *Quel plaisir pour les yeux !* La porte s'ouvrait. Tout en dépliant sa jambe, la belle lui fit signe de passer devant.

Stéphanie ne se fit pas prier, pressée de quitter cet endroit qui la rendait claustrophobe. Dans sa précipitation, elle évalua mal les distances. Elle sentit ses fesses appuyer contre le bas-ventre de l'inconnue. Une intense chaleur l'envahit et ses joues s'empourprèrent. *Pourquoi ?* s'interrogeait-elle mentalement. Pire, un désir puissant montait en elle. Si elle ne se contrôlait pas, elle allait la plaquer contre le mur et lui sauter dessus. *Résiste !* Elle sortit dans le hall et prit une profonde inspiration. La rousse lui passa devant, ignorant la violente tempête qui sévissait dans son corps et dans sa tête.

Afin d'accéder à la salle du restaurant, Stéphanie emprunta un minuscule escalier de trois marches. Les nappes blanches, sur lesquelles brillaient les couverts, laissaient une impression de propreté. Une serveuse, vêtue d'un tailleur jupe bleu clair, se déplaçait rapidement dans sa direction.

— Pour une personne ? demanda-t-elle d'une voix nasillarde fort désagréable.

De la main, elle désigna une modeste table ronde sur laquelle patientait une corbeille de petits gâteaux apéritifs variés.

— Pour deux ! corrigea une voix derrière Stéphanie.

Elle sursauta, certaine qu'elle ne correspondait pas à celle d'Amandine. La rouquine de l'ascenseur s'installa sur la chaise en face d'elle. Stéphanie ouvrit la bouche pour riposter, mais les mots moururent avant d'avoir franchi le seuil de ses lèvres. Puisque son amie passait une soirée en agréable compagnie, elle pouvait l'imiter, et profiter, pour une fois, du moment présent. Elle n'osait pas la contempler dans les yeux et tentait de fixer son regard sur le menu, que son cerveau refusait de lire. Elle ressentait de nouveau ce désir puissant, comme celui qui l'avait envahie dans l'ascenseur. *Ce n'est pas possible, cela ne me ressemble pas. Un horoscope, ça se trompe toujours. C'est bien connu. Cette fille ne peut en aucune façon incarner mon amour, un point c'est tout.* Elle était si belle, si mince, si parfaite, si proche d'elle que leurs jambes se touchaient, malgré tous les efforts employés pour éviter le contact. Ce délicieux moment virait à la torture.

— Charlotte Dupont, se présenta-t-elle, en tendant sa main par-dessus la nappe.

Ses gestes gracieux et sa prestance l'impressionnaient. Charlotte se tenait toute droite sur sa chaise. Sans connaître ses racines, Stéphanie imaginait sans peine que cette femme pouvait avoir des origines nobles. Même ses longs doigts, parfaitement manucurés, contrastaient avec ceux de Stéphanie, courts et rongés jusqu'au sang. Elle hésitait entre baise-main ou poignée. Charlotte la devança. Sa force inattendue lui broya presque les phalanges.

— Stéphanie Legrand, bredouilla-t-elle, en triturant une mèche de ses cheveux.

Elle se racla la gorge puis reprit l'observation du menu.

— Ne vous moquez pas de mon accent, je suis franc-comtoise, ajouta Charlotte en souriant, comme pour s'excuser du culot dont elle avait fait preuve. Mes mots traînent et je mange de la cancoillotte aussi souvent que je le peux, gloussa-t'elle en faisant claquer sa langue.

— Ah ! Tout comme moi ! s'exclama Stéphanie en rougissant de plus belle.

« Une aventure extraordinaire dans laquelle pourrait naître une belle histoire d'amour ». Pourquoi cette phrase ne quitte-t-elle jamais mes pensées ? Cette soirée et tout ce qui se produit ne sont pas dus à la magie, au destin ou à je ne sais quoi d'ésotérique. J'ai simplement rencontré par hasard une femme et la péripétie dans l'ascenseur nous a rapprochées. Un point c'est tout. Il ne peut en être autrement. Dans son ventre, des papillons volaient.

— Je trouve cet endroit pas si mal, lança Charlotte, en dépliant sa serviette pour la poser sur ses genoux. Tout est très propre. Les tables sont espacées. La carte est bien remplie.

— Si vous le dites. C'est simple, ça me va très bien, rétorqua Stéphanie en se mordillant la lèvre.

Elle regarda avec attention la façon dont cette fille laissait ses doigts pianoter sur la nappe, doucement, comme si elle craignait de l'abîmer.

— Le parc de l'hôtel est magnifique. Quand le soleil se reflète sur les plans d'eau, les couleurs générées sont merveilleuses. La variété d'arbres est impressionnante également. C'est la première occasion que vous avez d'y venir ? demanda Charlotte avec un sourire.

Elle éprouvait un pincement de nostalgie, en repensant à tous les moments formidables qu'elle avait passés ici avec son ex-femme.

— Oui, répondit Stéphanie.

Elle l'observait toujours, comme hypnotisée par ses gestes délicats. Ses ongles parfaitement manucurés brillaient à la lumière. *Quel débit de paroles. Encore plus pipelette qu'Amandine.*

— Je voyage beaucoup, l'informa Charlotte, en levant son index dans sa direction, mais c'est la première fois que je me paie le culot de dîner avec une inconnue.

Mon œil, songea Stéphanie. Si elle s'était trouvée un peu plus désirable, elle aurait pensé que cette fille la draguait, mais elle ne se bernait pas d'illusions. Elle n'avait jamais succombé à une aventure d'un soir, ce n'était pas ici que ça allait commencer, même si, elle devait bien l'avouer, cette femme ne manquait pas de charme.

— Je ne sais pas quoi choisir, confessa-t-elle en détournant la tête de ce corps si appétissant.

Les yeux sur les feuilles, cachée derrière la reliure, elle reprenait confiance. Ses joues retrouvèrent une teinte normale et son ventre cessa enfin de s'agiter.

— Je vais suivre la suggestion du chef, l'informa Charlotte. J'ignore ce que c'est, mais j'aime prendre des risques. Vous vous laissez tenter ?

— Oui. Pourquoi pas ?

Décidément ce soir, elle dérogeait à toutes ses habitudes. *Et si elles mangeaient des insectes ? Beurk ! Ou encore un autre animal méconnu...*

Elles replièrent leurs menus simultanément et en voulant les reposer sur la table, leurs bras se frôlèrent et leurs doigts se touchèrent. *J'aimerais tellement avoir tes mains sur moi,* pensa Stéphanie, *et caresser ton corps de déesse de haut en bas en prenant tout mon temps. Houla, vite, imagine autre chose. Parler. Dire n'importe quoi, mais effacer ce trouble profond.*

— Vous voyagez seule ? demanda-t-elle en s'efforçant de la regarder sans rougir.

Elle se versa un peu d'eau.

— Je suis arrivée hier. J'ai conduit de nuit et au petit matin, j'étais parée à profiter du ciel bleu et du soleil. Vous êtes venue en solitaire également ?

— Non. Ma meilleure amie m'accompagne, murmura Stéphanie en repensant au sale coup d'Amandine.

Elle baissa la tête et serra le poing. Les lèvres pincées, elle tentait de réprimer les larmes qui montaient.

— Vous ne semblez pas vous en réjouir ?

— Si. Bien sûr que si, répliqua vivement Stéphanie. Elle m'a juste fait faux bond pour notre première soirée. Ça m'agace.

La serveuse nota les commandes et revint avec une salade d'accueil. Stéphanie se rua dessus et avala une tomate cerise de travers. Elle toussa et Charlotte la regarda d'un air inquiet, déjà prête à se lever pour effectuer une quelconque manœuvre de Heimlich. Heureusement, Stéphanie retrouva son souffle et le repas reprit son cours. Elle but un peu d'eau et lui trouva un goût curieux. En mastiquant sa feuille de salade, elle se demandait ce que pouvait bien faire Amandine. Elle devait lui faire comprendre, à son retour, qu'elle avait outrepassé les limites. *Tu devras te racheter.*

— Sympa cette vue, avoua Stéphanie en se resservant un verre de cette eau étrange.

— L'eau possède toujours ce pouvoir sur les gens. Je ne sais pas si c'est parce que c'est un des cinq éléments. Je bouge beaucoup, mais je continue d'apprécier la beauté que la nature nous offre. Vous êtes ici pour des congés ?

— Oui. Un voyage bien mérité après une année difficile. Et vous ?

— Je ne suis pas en vacances. J'ai recommencé le travail il n'y a pas si longtemps. Je suis en déplacement professionnel.

Professionnel ou pas, Stéphanie avait de nouveau très envie de sentir leurs deux corps s'emmêler, se toucher et leurs langues se caresser en douceur. Elle n'arrêtait pas d'imaginer cette femme totalement nue, étalée sur le dos, dans son petit lit.

La serveuse revenait avec leurs deux assiettes contenant une hampe de bœuf grillée et des frites avec des haricots verts saupoudrés de persil. *J'espère que je ne vais pas m'en coincer entre les dents,* songea Stéphanie, dont l'estomac allait enfin être rassasié. Charlotte coupait déjà la viande, qui se détachait facilement sous la lame aiguisée. Ses muscles se contractaient à peine. Elle resta à l'observer comme happée par son aura, hypnotisée. La salle entière disparaissait dans son regard. Elle ne voyait plus qu'elle. Le temps ralentissait son cours, les secondes s'écoulaient au rythme de son souffle.

— Quelque chose ne va pas, s'inquiéta Charlotte en interrompant son geste.

Elle laissa sa fourchette suspendue a quelques centimètres de ses lèvres, si fines, si délicates, que Stéphanie ressentit un immense désir de se lever, se pencher par-dessus la table et de l'embrasser à pleine bouche. Au lieu de cela, elle répondit :

— Tout va bien. J'attendais que ça refroidisse. Je n'ai pas envie de me brûler.

Elle baissa très vite les yeux et piqua quelques frites.

Charlotte n'osait plus regarder Stéphanie. Ses formes généreuses l'auraient rebutée en temps normal, si ça avait été une quelconque autre femme, mais voilà, d'une façon inexplicable cette blonde lui plaisait. Elle avait l'air froide au premier coup d'œil, trop grande gueule, trop gauche, mais elle appréciait ses yeux incroyables d'une couleur indéfinissable et ses sourcils ni trop épais ni trop fins. Son minuscule nez se retroussait légèrement la rendant très craquante. Un grain de beauté sur la pommette droite lui conférait une petite allure de star. Sa peau très pâle ne souffrait d'aucune imperfection. Elle fixait sa poitrine qui montait et descendait au rythme de sa respiration. Tellement appétissante ! Elle se souvenait de leur contact à la sortie de l'ascenseur. Son entrejambe avait immédiatement réagi. C'était électrique. Ce mélange d'excitation et de désir recommençait à transformer son corps. Elle avait chaud.

— Le repas est à ton goût ? demanda-t-elle pour rompre le silence.

Elle venait de décider de passer au tutoiement. Elle surveilla avec appréhension toute réaction. Elle sentit son rythme cardiaque qui accélérait encore, tandis qu'elle attendait la réponse.

— J'avais tellement faim, que j'aurais mangé n'importe quoi. Enfin, sauf des insectes ou des bêtes étranges…, déclara Stéphanie dont les joues rosissaient.

Assise droite sur sa chaise, les couverts en l'air, elle patientait. *J'espère que je ne passe pas pour une gourde*, songea-t-elle.

— Comme le dit le proverbe : « Quand on sort d'un bon repas, que tout est bien ici-bas ! », claironna Charlotte, les yeux brillants en levant son index.

— Je ne le connaissais pas. C'est vrai. On est bien ici.

Stéphanie coupa sa viande avec précaution. Elle redoutait d'accomplir un faux mouvement et d'envoyer un morceau sur son pantalon. Cette belle rousse la fixait et ça l'angoissait.

— J'aime beaucoup les citations, quelle que soit leur origine.

Stéphanie cilla. Elle craignit une fois de plus de passer pour une inculte. Elle demanda timidement :

— Tu lis beaucoup ?

— Modérément. Mais ce n'est pas pareil : les citations c'est de la culture. Elles reflètent l'histoire des pays et leurs coutumes.

— Si tu le dis. Original comme passion. Moi, je suis molubdotémophile.

— Mol… quoi ? Bon, d'accord j'avoue… je ne connais pas. Tu dois me trouver bien stupide ! J'ai honte.

Charlotte éclata de rire et ses yeux verts pétillèrent de bonheur. Stéphanie sourit et rejeta d'une main sa mèche de cheveux en arrière. Elle s'essuya le coin de la bouche avec sa serviette en papier blanche.

— Mais non. Ne t'inquiète pas ! J'ai l'habitude. Je collectionne simplement les taille-crayons, l'informa Stéphanie en mimant l'objet avec ses deux mains.

Charlotte mastiquait sa viande, songeuse. *Elle a de la culture, est originale, charmante, belle*, cogita-t-elle, mais elle devait résister à la tentation. Une relation n'avait pas sa place dans sa vie compliquée. Elle finit ses frites et frissonna en sentant le pied de Stéphanie frôler le sien.

Le dessert, pur régal pour les papilles, termina de les transporter au septième ciel : une délicieuse tartelette aux fraises dont la pâte sablée craquait sous la cuillère. La crème pâtissière aromatisée à la vanille enrobait subtilement les fruits recouverts d'une juste dose de crème chantilly. L'amertume du café se mariait à merveille avec ce mélange et Charlotte en ferma les yeux de plaisir. Cette soirée parfaite s'achevait et elle cherchait un moyen de la faire durer encore un peu. Elle ralentit ses gestes laissant passer de grosses secondes entre chaque bouchée. *Allaient-elles se revoir ?*

— Tu paies, s'il te plaît, demanda-t-elle, en se levant et en marchant d'un pas rapide jusqu'à la porte.

Elle disparut, engloutie par la nuit.

Quel culot, pensa Stéphanie ! La serveuse accourut et annonça qu'ils mettaient la note sur sa chambre. Stéphanie acquiesça. Elle s'était une nouvelle fois fait avoir. Elle l'aurait bien étranglée, mais elle ne tenait pas à se faire emprisonner pour meurtre. Elle se serait envoyé des claques. *À mon âge, être aussi crédule ! Comment avais-je pu fantasmer sur cette femme, l'avoir imaginée nue sur mon lit, avoir rêvé de lui faire l'amour, de la couvrir de baisers ?* Elle descendit les marches la tête baissée. Elle soupira et se mordit la lèvre. Cette première journée de vacances virait au fiasco. D'un pas lent, elle rejoignit l'ascenseur. Elle sentait son cœur se serrer et les larmes monter.

— Eh, attends-moi, s'écria une voix derrière son dos.

Charlotte. *Elle ne manque pas d'air*, pensa-t-elle. *Comment ose-t-elle ?*

— Tu es revenue, bredouilla Stéphanie, si faiblement qu'elle ne savait même pas si elle l'avait entendue.

Elle n'avait pas l'audace de la regarder. Son cœur avait repris sa course folle. Son ventre palpitait. Elle passa machinalement la langue sur ses lèvres et remit en place la bretelle de son soutien-gorge.

— Je suis allée chercher de l'argent pour te rembourser. J'avais oublié mon sac dans la voiture. Je suis tête en l'air, tu sais. À force de rêvasser, un jour, j'en oublierai ma tête, soupira Charlotte en tapant sur sa tempe droite avec son index.

Dans l'ascenseur, elles se retrouvèrent face à face, poitrine contre poitrine, les yeux dans les yeux. Leurs mains se frôlaient. Leurs peaux se couvraient de frissons. Leurs doigts s'entremêlèrent. Toutes les deux se demandaient pour quelle raison elles étaient remontées dans cet engin capricieux. Elles retenaient leur souffle. La cabine s'ouvrit. Stéphanie passa devant, Charlotte la suivit. Elles avancèrent sur la moquette bordeaux, mues par une intuition ou un quelconque autre sentiment qu'elles ne parvenaient pas à identifier. La chambre se situait à l'extrémité du couloir. Stéphanie accélérera le pas, puis se mit à courir. Elle cria sans s'arrêter :

— Quelqu'un essaie de forcer ma porte !

2

Charlotte lui passa devant, et Stéphanie s'arrêta la bouche ouverte. Elle haletait sans parvenir à reprendre son souffle. Des vertiges s'emparèrent d'elle et elle dut s'appuyer sur le mur pour ne pas perdre l'équilibre. L'intruse, dont elles n'avaient pas réussi à entrevoir le visage s'était volatilisée par les escaliers. Charlotte fit volte-face et se retrouva nez à nez avec Stéphanie qui tremblait encore un peu.

— Tu vas bien, s'inquiéta-telle ? Tu devrais regarder si rien ne manque. Quoiqu'il en soit, avertis la direction et en cas de vol, porte plainte.

Le teint de Charlotte, blafard, contrastait avec le feu de ses cheveux et Stéphanie, absorbée par cette contemplation, mit quelques secondes à demander d'une voix éteinte :

— Tu crois ? (Elle se mordit la lèvre.) Je n'aime pas faire des histoires.

Stéphanie haussa les épaules, résignée. Charlotte soupira. *Que cette femme est agaçante !* Elle devrait la laisser se débrouiller et la planter là. Mais ses yeux la transperçaient tel un rayon de soleil balayant les nuages. Elle pensait à sa forte poitrine, au plaisir qu'elle ressentirait à lui retirer son t-shirt et à l'allonger nue à même le sol. Elle voulait abandonner ses doigts dans ses cheveux blonds, les emmêler et l'embrasser à pleine bouche. Pour la première fois, elle s'imaginait pouvoir vivre à nouveau avec quelqu'un à ses côtés : cette femme rencontrée aujourd'hui et dont elle savait encore si peu de choses.

— Je t'assure que tu devrais vraiment vérifier les dégâts. Tu décideras quoi faire après.

Stéphanie haussa les épaules et tenta d'ouvrir sa porte avec le pass magnétique. Sa main tremblante le laissa échapper sur le sol. Charlotte plia les genoux pour le lui ramasser et, après une brève hésitation, entreprit de le présenter à son tour. Avec un cliquetis, la porte s'entrebâilla et Stéphanie la poussa.

— Viens avec moi, Charlotte, murmura-t-elle, avant de souffler sur une de ses mèches rebelles.

Cette dernière ne se fit pas prier et lui emboîta le pas. Quand Stéphanie se baissa pour inspecter le contenu des valises, le regard de Charlotte s'abandonna sur ses fesses généreuses et tellement merveilleuses que sa respiration se raccourcit et son cœur cogna plus fort.

— Il ne me manque rien, affirma Stéphanie qui fouillait son bagage à grand bruit de plastique.

— Je ne sais pas ce que tu as là-dedans, mais tes vêtements font des bruits étranges, déclara Charlotte en haussant les sourcils.

— J'emballe chaque chose dans des plastiques séparés pour que rien ne se mélange.

Charlotte la regardait étrangement.

— Il ne manque rien, répéta Stéphanie rapidement.

— Tu en es certaine ? Regarde bien. Vérifie aussi que rien n'est cassé, lui conseilla Charlotte dont les yeux hypnotisés par le corps de cette blonde profitaient de la situation.

— Oui. J'ai une façon bien à moi de ranger mes affaires dans mon sac. Je n'ai pas ouvert celles d'Amandine. Je ne sais pas s'il lui manque quelque chose. Elle est bordélique. Je n'ose même pas imaginer l'état de l'intérieur de sa valise, soupira Stéphanie en levant les bras au ciel.

— Ah… Amandine. C'est vrai, grommela Charlotte.

Elle recula d'un pas, serra les dents et baissa les yeux. Elle croisa les bras et demeura immobile. Elle avait déjà oublié que durant le repas, elle l'avait informée de son voyage avec son amie. *M'as-tu tout raconté ? Si j'arrive au milieu d'une dispute conjugale, je vais encore me faire avoir.* Elle soupira. Stéphanie se retourna. Devant la mine déconfite de la belle rousse, elle demanda d'une voix douce :

— Tu es sûre que tout va bien ?

— Dis-le-moi tout de suite, si tu es en pleine embrouille et que c'est ta copine qu'on vient de croiser, s'énerva Charlotte dont le teint rougissait.

— Mais non ! Amandine c'est ma meilleure amie. On voyage ensemble. Il n'y a strictement rien en nous. Je t'assure. D'ailleurs ce soir, elle dîne avec une nana. Franchement, tu crois que je laisserais la femme que j'aime sortir avec une autre ? C'est absurde.

Le visage de Charlotte se transforma et un immense sourire s'afficha. Son métier de critique gastronomique l'occupait à temps plein. Elle se remettait tout juste d'un divorce ruineux et éprouvant. Elle avait prévu de profiter de ces quelques jours pour tester de nouveaux établissements. Elle se retrouvait embringuée dans une aventure dangereuse aux côtés d'une femme inconnue qui avait les yeux les plus beaux de la terre.

Stéphanie s'avança et elle s'étira. Elle se gratta la joue puis demanda d'une petite voix :

— On sort ?

Charlotte la suivit jusqu'à l'accueil, en marchant tellement proche d'elle, qu'elle pouvait sentir son souffle sur sa nuque. Elle se retourna pour lui déclarer d'un ton autoritaire :

— Tu sais que tu n'étais pas obligée de m'accompagner ? Je suis une grande fille.

— J'ai vu la même chose que toi. Il vaut mieux être deux témoins. Je vais corroborer tes dires, ne t'inquiète pas. Je ne vais pas t'abandonner toute seule au milieu de cette histoire, la rassura Charlotte en lui posant une main chaude et réconfortante sur l'épaule.

Stéphanie quitta furieuse le bureau de la direction. Sa déposition n'avait servi à rien et l'hôtel voulait s'assurer que pour éviter toute mauvaise publicité elle n'irait pas porter plainte. Le directeur lui avait accordé une ristourne de cinquante pour cent « en dédommagement », avait-il articulé trop lentement. Toujours à ses côtés, Charlotte gardait son sourire.

— Je suis ravie que ma situation t'amuse, grogna Stéphanie en s'éloignant.

— Je t'interdis de me juger. Je me disais simplement qu'il était un bon commercial.

— Comme si j'en avais quelque chose à faire, grommela Stéphanie en haussant les épaules.

Elle pressa le pas, et déambula rapidement dans les couloirs. Charlotte avait l'impression de courir. *Mais pourquoi diable, nous dirigeons-nous à l'extérieur ? Que me réserves-tu encore comme surprise ?* Même énervée, ses yeux éblouissaient tellement, qu'on en oubliait toutes étoiles de la galaxie. Si elle n'y prenait pas garde, elle allait mourir foudroyée. L'air de la nuit les enveloppait d'une chaleur douce et agréable. Les odeurs des arbres, des fleurs et de l'étendue d'eau recouvraient à peine leurs parfums. Les yeux au ciel, et ses cheveux blonds flottant au vent, Stéphanie se demandait encore comment elle avait pu accepter la proposition d'Amandine. Quand elle baissa son regard, la pleine lune l'inonda de lumière. *Qu'elle est belle !* songea Charlotte qui se serait damnée pour passer quelques minutes de plus à la contempler. Le magnétisme tout entier qui émanait d'elle était tel qu'elle imaginait leurs deux corps collés, ses mains se promenant sur sa peau douce et délicate, sa bouche goûtant chaque centimètre d'elle. Elles ne s'étaient jamais touchées, tout juste frôlées, et pourtant elle ne pensait plus qu'à ces moments. Le souffle haché, elle espérait que Stéphanie ne se rendait pas compte de son trouble, de son désir. Elle savait qu'elle n'arriverait pas à se contrôler, si jamais…

Les raideurs de la nuque et du dos de Stéphanie lui rappelaient à quel point elle était épuisée. Elle se força à respirer calmement pour s'apaiser. Ce qui venait de se produire faisait déjà partie du passé. Il ne servait à rien de céder à la colère. Elle sentait les yeux de Charlotte qui la dévisageaient. *Pourquoi ne me laisse-t-elle pas en paix ?* Elle s'éloigna de quelques pas le long du chemin puis fit demi-tour et rentra à l'intérieur de l'hôtel. Elle pivota.

— Merci pour cette soirée. Je vais monter me coucher, déclara-t-elle d'une voix atone.

Elle avança de cinq pas, s'arrêta brusquement et se retourna.

— Je suis désolée de t'avoir entraînée là-dedans, continua-t-elle. Je vais me débrouiller. Je suis vraiment fatiguée. Ne m'en veux pas.

— Laisse-moi te raccompagner, implora Charlotte tout doucement. Je ne suis pas tranquille. Après ce qu'il vient de se passer, quelque chose pourrait t'arriver. Ne sois pas stupide.

Stéphanie haussa les épaules et elles montèrent les marches de l'escalier côte à côte. Charlotte ouvrit avec le pass et Stéphanie souffla : *rien n'a bougé.*

— J'aurais dû exiger d'avoir une autre chambre, dit-elle en promenant son regard un peu partout, malgré elle. Elle remarqua une petite tache jaunâtre au-dessus de la fenêtre. *Était-elle là avant ?*

— L'hôtel est plein. Il y a les touristes pour les vacances et une convention de dentistes. Aucune chance qu'on accède à ta requête, déclara Charlotte en arpentant la pièce.

Elle se pencha pour vérifier sous le lit. Stéphanie la regarda. *Comment savait-elle tout ça ? Qui était cette femme ?* Elle bâilla et son téléphone portable se mit à sonner : Amandine.

— Coucou ! C'est moi, ma belle, chantonna son interlocutrice.

Stéphanie entendait que quelqu'un riait et chuchotait auprès de son amie.

— Amandine ! Mais t'es où bon sang ? Ramène tes fesses ! s'indigna-t-elle en resserrant la pression de sa main sur le téléphone.

— Je suis… allongée avec… enfin j'ai passé une super soirée, tu sais ! Je te raconterai, mais ne m'attends pas, hein… Je ne rentre pas cette nuit, l'informa Amandine en émettant des bruits de baisers.

— Mais une inconnue… tu…

— Je profite de ce que la vie m'offre. Et puis elle est très douée pour… enfin, tu vois quoi…, la coupa Amandine entre deux rires.

Stéphanie soupira. Elle leva les yeux au ciel puis les posa sur Charlotte qui feignait ne pas écouter, gênée, debout, à soixante centimètres à peine. Elle passa une main dans ses cheveux. Si elle s'énervait, elle allait la prendre pour une folle. Amandine se braquerait et lui raccrocherait au nez.

— Si tu es sûre de ce que tu fais, accepta Stéphanie en se grattant la joue.

Un silence de plomb envahit la pièce pendant quelques instants. Stéphanie vérifia que l'appel durait toujours. Enfin Amandine ajouta :

— On ne peut jamais être sûre de rien. C'est le destin ! Et le mien me convient parfaitement.

— J'ai surpris quelqu'un qui forçait notre porte. Je n'ai pas examiné ta valise, puisque tu as la clef.

— Mon Dieu ! Ça va ? Tu n'as pas été blessée ? s'affola Amandine dont la voix montait dans les aigus.

Stéphanie lui relata les événements, mais évita de parler de Charlotte.

— C'est dingue ! Le jour où je tombe amoureuse, il faut qu'on essaie de me cambrioler !

— Oui. Rentre vite, insista Stéphanie en détachant chaque syllabe.

Sa crampe au mollet reprenait et elle agita les pieds pour l'enrailler.

— Mais je ne peux pas. Je dois rester avec elle. Je ne peux pas la quitter. Je... Je l'aime... Tu verras quand ça t'arrivera, objecta Amandine, dont les gloussements laissaient deviner qu'une occupation plus agréable l'attendait.

— Mais tu t'entends ? C'est irréel ! On ne tombe pas amoureux comme ça enfin, s'indigna Stéphanie, qui, de rage, s'était mise debout et marchait à travers la pièce.

Charlotte se racla la gorge et tripota son téléphone portable, l'air absorbé à tout autre chose. Stéphanie réprimait une envie irrépressible d'aller chercher son amie au fond de ce lit, sûrement dans une des chambres de cet hôtel, et de la ramener par la peau des fesses.

— Je récupère comment les feuilles que j'ai laissées dans ta valise, moi ? se tourmenta-t-elle.

Un de ses plus gros dossiers exigeait une relecture attentive. Les délais trop courts ne lui laissaient pas d'autre choix que de travailler un peu, même en vacances.

— Je t'ai jeté une clef dans la poche de ta veste, l'informa Amandine en pouffant comme une petite fille en train de faire une bêtise.

— Quoi ?

Stéphanie s'assit sur le lit. Elle regarda la valise puis sa veste.

— Mais pourquoi tu…, reprit-elle.

— Je l'ai déposée dans ta poche en te disant au revoir tout à l'heure, l'interrompit Amandine. Je ne voulais pas m'encombrer. Puis je ne savais pas comment la soirée allait évoluer.

— On se voit demain ?

— Bien sûr ! J'ai plein de trucs à te raconter. Fais attention à toi.

Elle avait déjà raccroché. Stéphanie jeta le téléphone sur la table de nuit. Charlotte la regarda et rangea le sien dans sa poche.

— C'était Amandine, précisa Stéphanie en voûtant son dos et en continuant de marcher.

Elle se dirigeait vers la salle de bain, puis vers le lit. Elle continua en direction de la porte.

— J'avais cru comprendre. Arrête de t'agiter comme ça, lui ordonna Charlotte. Tu ne peux rien y changer. Ta copine a les hormones en ébullition. Calme-toi, respire. Tu ferais bien de te détendre un peu.

Elle se plaça derrière son dos et lui massa les trapèzes quelques minutes en silence. La délicate odeur vanillée de Stéphanie lui donnait envie de l'embrasser dans le cou. Elle refusait de succomber.

— Si nous allions au lit ? murmura-t-elle, en se plaçant face à elle.

Le visage de Stéphanie devint aussi rouge que la valise qui traînait sur le sol à leurs pieds. Charlotte sourit.

— Écoute, si tu as besoin de moi, je t'ai inscrit mon numéro sur le papier que j'ai posé sur ton sac de sport, précisa Charlotte en se dirigeant vers la porte. N'hésite pas à me téléphoner de jour comme de nuit.

— Ce serait plus prudent d'appeler la police, objecta Stéphanie qui avançait dans sa direction. L'hôtel s'en fout.

— Téléphone-moi, s'il te plaît, c'est tout ce que je te demande. Je serais moins inquiète.

Stéphanie tenta de lui ouvrir la porte et leurs bouches s'unirent. Le mélange de fermeté et de douceur des lèvres de Charlotte la surprit. Elle se laissa embrasser, entrouvrit les lèvres pour profiter de ce délicieux moment et lui rendit son baiser. Elle fut prise d'une sorte de vertige. Le parfum subtilement fruité de Charlotte l'enveloppa quand elle l'entoura de ses bras. La force de leur étreinte s'amplifia et leurs langues se cherchèrent plus profondément, en de lents mouvements circulaires. Si elle avait pu interrompre le cours du temps, elle l'aurait fait à cet instant. Elle ne pouvait plus arrêter. C'était pire que n'importe quelle addiction : plus elles s'embrassaient, plus elle en redemandait, plus elle voulait ce contact délicat et chaud, plus elle désirait cette femme. Leur étreinte se resserrait davantage, leurs corps cherchaient à fusionner. Ils réagissaient. Leurs seins durcissaient. Leurs bas ventres plaqués l'un contre l'autre créaient un rapprochement très intime entre elles. Par moment, Charlotte la retenait encore plus fort contre son corps, l'empêchant de s'écarter, de lui échapper. Elle lui passa une main dans les cheveux et recula brusquement en murmurant le souffle court :

— Tu devrais aller dormir, Steph. Je sais que dans quelques secondes je ne parviendrai plus à me contrôler.

Sa voix rauque corroborait ses dires. Elle disparut presque en courant dans le long couloir. Elle ne se retourna pas, laissant Stéphanie les bras ballants, la bouche ouverte, les larmes aux yeux. *Mais enfin ! Que t'arrive-t-il ? Qu'est-ce qu'elle embrasse bien cette inconnue !* Elle prit une douche froide en pensant à elle et se glissa dans son lit. Contre toute attente, elle s'endormit très vite.

— Coucou, ma belle, l'interpella Charlotte en avançant à grands pas. Tu es matinale. Tu as réussi à dormir un peu quand même ?

Stéphanie releva la tête. Ses cheveux, arrangés en chignon, libéraient son cou délicat et ses mignonnes petites oreilles. Charlotte attendait debout, en face d'elle et la fixait avec ses intenses yeux verts. Stéphanie sentit le feu brûler ses joues. Elle repensait à leur étreinte et à leur long et fabuleux baiser. Elle serra les mains un peu plus fort sur sa tasse de café. Cette fille l'avait laissée en plan. Elle détestait ça.

— À quoi bon traîner ? marmonna Stéphanie en cassant le bout de son croissant encore chaud. Il fait beau. Autant en profiter.

Elle ne la regardait pas, ne voulait pas céder. Elle désirait l'embrasser, mais ne devait pas, ne pouvait pas. *Manger*. Ça, elle en était capable. Elle aimait la bonne nourriture, et ce buffet à volonté lui plaisait beaucoup. Elle mordit dans sa viennoiserie.

— Je prends toujours un bon petit déjeuner, l'informa Charlotte d'une voix joyeuse.

Elle s'assit en face de Stéphanie et commença à étaler le contenu de son plateau sur la table : un café, du lait, du pain, du beurre, de la confiture de fraises, du jus d'orange, deux œufs durs, deux croissants.

— Tu vas vraiment manger tout ça ? s'étonna Stéphanie en écarquillant les yeux.

— Je viens de te dire que je prenais toujours un copieux petit déjeuner, se défendit Charlotte en tranchant le pain.

— Mais tu es épaisse comme… enfin tu es… bafouilla Stéphanie en la regardant étaler une imposante couche de beurre et de la confiture sur la mie.

Elle y mettait autant d'application qu'un chirurgien qui prépare une opération. Le pain crissait sous la pression.

— J'ai bon appétit, tu sais, avoua Charlotte en souriant. Ne te fie pas à mon tour de taille, et puis un croissant ne peut pas faire de mal. Regarde, il n'y a que des bonnes choses à l'intérieur.

Elle engloutit ses deux tartines pendant que Stéphanie remuait distraitement son café brûlant.

— Je me demande comment tu fais, soupira-t-elle les larmes aux yeux. Je viens de prendre deux kilos rien qu'en te regardant manger.

Charlotte éclata de rire et replaça une mèche de ses cheveux qui voulait tremper dans son café. Elle s'empara de la cruche blanche remplie de lait chaud et en versa une grosse rasade dans son bol. Elle goba un œuf dur.

— Il faut croire que nous avons de bons gènes dans la famille, constata-t-elle, la bouche à peine vidée.

— Dommage que je n'en fasse pas partie, soupira Stéphanie en rompant un autre morceau de son croissant, qu'elle avala.

— C'est une proposition ? s'amusa Charlotte en la fixant droit dans les yeux.

Stéphanie rougit en se rendant compte du sous-entendu. *Mince. Je me suis une fois de plus ridiculisée ! Je n'oserai plus jamais la contempler, c'est sûr !*

— Allez, arrête de bouder, lui demanda Charlotte, en cassant la coquille de son dernier œuf avant de l'absorber aussi rapidement que le premier. Tes beaux yeux sont tellement bleus, que je sais que tu ne m'en veux pas ! Regarde-moi, sinon je te chatouille !

Stéphanie se détendit un peu et croqua dans un autre bout de croissant.

— Ça te va bien de sourire, dit Charlotte. Tes yeux pétillent quand tu es heureuse.

— Dis tout de suite que je fais la tête en général, riposta Stéphanie en baissant le regard.

— Non, mais tu es si triste, si… J'aurais dû me taire, c'est ça ?

— Oui.

Stéphanie n'avait plus aucune envie de la prendre et de l'allonger sur la table, ce qui la rassurait. Autant ne pas se retrouver dans une situation semblable à celle de la veille. Trop embarrassant, trop pitoyable. Elle trempa les lèvres dans son café et termina en silence son dernier morceau.

— Bon, je m'excuse, tempéra Charlotte, en lui tendant un de ses croissants. Je suis toujours celle qui met les pieds dans le plat, dans la famille. J'ai deux frères plus vieux, qui sont mariés avec deux enfants, un bon métier. Pour résumer, ils sont parfaits. Je suis le petit mouton noir.

Elle avala d'une traite son jus d'orange.

— Je suis fille unique. Maman doit faire avec mes défauts, répondit Stéphanie.

Elles entamèrent leurs dernières viennoiseries.

— Ah ? Tu as donc été la petite chouchoute, l'enfant gâtée, s'amusa Charlotte en plongeant son regard dans le décolleté généreux qui s'offrait à elle.

— Plutôt élevée à la dure, réfuta Stéphanie, la bouche pleine. Ça aide à traverser les épreuves, crois-moi.

— Sans doute. Alors, tu vois que c'est bon un croissant tout chaud. Le but est simple : l'avaler avant qu'il ne refroidisse.

— Tu parles tellement que j'ai eu le temps de terminer, se moqua Stéphanie en se levant.

Elle épousseta ses vêtements avec le plat de sa main et regroupa sa vaisselle sur son plateau.

— Attends-moi, lui proposa Charlotte, avant de boire son café. Nous pourrions nous balader ensemble et faire plus ample connaissance.

— Ne rêve pas ! J'y vais.

Stéphanie la planta là et se dépêcha de quitter l'hôtel. Elle voulait éviter que ses hormones prennent le dessus et qu'elle ne ressente de nouveau toutes les émotions qui l'avaient envahie la veille. Cette belle rousse lui faisait perdre le contrôle et elle détestait ça.

Quand elle eut terminé son petit déjeuner, Charlotte sortit aux abords de l'hôtel. La propriété gigantesque s'étendait à perte de vue. Elle pensait à Stéphanie. Depuis qu'elle l'avait croisée dans cet ascenseur, elle y songeait constamment. Le repas de la veille avait déjà changé les choses, mais leur baiser merveilleux les avait plus que compliquées. C'était la première fois qu'elle avait eu envie, sans succomber, qu'elle se retenait, hésitait, se sentait gauche. La vie avait décidé de lui infliger d'autres épreuves, puisqu'elles s'étaient revues au petit déjeuner. *Je ne veux pas d'une relation pour l'instant, c'était clair non ? J'ai trop souffert. Je ne suis pas prête. Mais cette fille est merveilleuse. Se vider l'esprit. Contempler les nénuphars qui flottent sur le bassin, les minuscules oiseaux qui viennent s'abreuver en quelques battements d'ailes.* Les clients en petits groupes déambulaient en masses colorées et bruyantes. Quelques couples d'amoureux avançaient en se tenant par la main et en riant à la moindre occasion. Une brume légère commençait à s'étendre tout autour. Elle regardait sans voir, pourtant elle l'aperçut : *Stéphanie*. Ses belles épaules larges, qu'elle aurait reconnues entre mille, et ses yeux tellement perçants qu'ils l'attiraient vers elle comme un phare en pleine tempête. Tempête comme celle qui sévissait dans sa tête et son corps tout entier. *Mais enfin, que se passe-t-il ? Nous ne devions pas nous revoir, mais le destin s'acharne.* Ses cheveux d'or brillaient malgré les nuages. Cette femme possédait quelque chose de plus, qui la faisait sortir du lot. Elle mourrait d'envie de la caresser, de sentir sa peau frissonner sous ses doigts, de lui enlever délicatement et lentement tous ses vêtements et de la regarder nue, tellement belle, tellement parfaite, tellement elle.

— Encore toi ? Je te trouve partout sur mon chemin, protesta Stéphanie en s'arrêtant à sa hauteur.

Elle la fixait bizarrement et Charlotte se demandait si elle était en colère. *Me prend-elle pour une psychopathe ? Une folle furieuse qui la suit à chaque coin de rue ?* Elle devait lui prouver qu'elle était une fille bien, mais tous les événements qui s'étaient produits jusqu'à présent ne l'avaient guère aidée.

— Je t'assure que je n'y suis pour rien, la sécurisa Charlotte en souriant. Je réfléchissais en regardant le paysage. Que c'est beau ici ! s'exclama-t-elle.

— Je prends l'ascenseur, tu es là. Je mange, tu y es aussi. Je me promène et je te croise, bougonna Stéphanie en s'éloignant.

Elle avança de quelques pas puis poursuivit d'une voix plus douce :

— Je vais à l'office de tourisme chercher des brochures.

Elle adressa un petit signe de main et une femme d'un certain âge, qui pensait qu'il lui était destiné, la regarda d'une drôle de façon. Charlotte passa la bride de son sac à main autour de son cou et se déplaça à grandes enjambées pour la rattraper.

— Attends-moi, ordonna-t-elle. Je viens avec toi.

Stéphanie prit une tablette de chewing-gum dans la poche de son jeans et la déposa sur sa langue. Elle marcha quelques secondes, avant de se plaindre d'une voix qu'elle tentait de rendre dure, mais sans grand succès :

— Tu m'énerves. Arrête de me croire trop stupide pour me débrouiller seule.

Sans l'écouter, Charlotte trottinait à ses côtés au rythme de ses pas.

— Je viens avec toi, répéta-t-elle fermement.

— Ce que tu peux être têtue, gémit Stéphanie en soupirant. Elle se mordait la lèvre.

— Je ne te l'ai pas dit, mais c'est mon deuxième prénom. De ce côté-là, tu es pire que moi, ricana Charlotte en lui tapant sur les fesses.

— Eh ! Mais, bredouilla Stéphanie toute rouge, j'ai rendez-vous avec Amandine. Elle va se demander qui tu es.

— Tu as une langue, assez experte d'ailleurs, s'amusa Charlotte. Tu peux très bien lui expliquer, puisque tu peux te débrouiller seule.

— Je ne suis même pas sûre de le savoir moi-même, soupira Stéphanie en haussant les épaules.

Charlotte ne pouvait s'empêcher de ressentir une pointe de jalousie en pensant à cette Amandine. Elle la détestait déjà, sans même la connaître. Stéphanie rayonnait de beauté dans son haut bleu qui mettait en valeur ses yeux. Il la moulait légèrement ce qui s'avérait tellement plaisant qu'elle en oublia presque de s'arrêter à la porte de l'office de tourisme. Sans savoir pourquoi, elle lui prit la main avant d'entrer. Sa chaleur l'étonna. Son pouls accéléra. Ce rapprochement lui permit de sentir de nouveau son doux parfum vanillé. Elle avait envie de plonger sa tête dans son cou. Stéphanie tenta de lui faire lâcher sa main, sans oser donner de la voix devant les employées de l'accueil, mais elle tint bon.

— Bonjour madame, formula Stéphanie d'une voix enjouée. Je voudrais des brochures. Je dois passer des vacances ici. Qu'avez-vous à me proposer ? S'il vous plaît.

Une petite dame entre deux âges, à la mise en plis parfaite et aux malicieux yeux gris se trouvait derrière le comptoir d'accueil. Son chemisier blanc bien repassé reflétait sa minutie. Devant elle, des brochures bien empilées offraient un échantillon visuel des beautés régionales.

— Bonjour mesdames, chantonna-t-elle. Permettez-moi au nom de la ville de vous souhaiter de bonnes vacances parmi nous. Je vous propose ce guide découverte, dans lequel vous trouverez tout le nécessaire : restauration, hébergement, loisirs. Nous avons édité également des cartes. N'hésitez pas à revenir nous voir en cas de besoin.

Elle leur tendit un gros catalogue illustré. La couverture à dominante verte mettait en valeur les paysages locaux.

Les filles ressortirent et Stéphanie eut le plus grand mal à se retenir de gifler Charlotte. Ses joues s'empourpraient de colère.

— Mais enfin, à quoi tu joues, vociféra-t-elle ? Qu'est-ce qu'il t'a pris ? Tu ne comprends pas quand je te dis non ?

Charlotte la regarda : *les plus beaux yeux du monde, lumineux, clairs, mystérieux.* Elle entendait à peine ce qu'elle lui annonçait, happée par leur pouvoir envoûtant. Les bras ballants, elle ne savait plus quoi faire. Plus elle tentait quelque chose, plus elle empirait sa situation.

— Excuse-moi. J'aime vraiment passer du temps avec toi. Avec la météo clémente, j'avais pensé qu'une petite balade serait agréable. Où devez-vous vous retrouver avec ta copine ? questionna-t-elle en regardant ses chaussures.

— À l'hôtel, soupira Stéphanie en reprenant sa route.

— Ah ? On retourne sur nos pas ?

Stéphanie ne répondit rien. *À quoi bon ?* Elle l'aimait bien. Cette emmerdeuse possédait le sens de l'humour et un physique des plus avantageux. Elle ne pouvait pas l'empêcher de la suivre. Elle disposait d'une chambre là-bas. Arriver à son bras, la rendait fière, et elle apprécierait beaucoup faire ce coup-là à Amandine et sous-entendre, qu'elle aussi avait passé un peu de bon temps. Charlotte lui reprit la main. Elles déambulèrent dans la rue puis débouchèrent dans le parc de l'hôtel, sur le petit chemin, où un jeune garçon jouait avec un ballon multicolore. Il était presque onze heures. Un stand de crème glacée était stationné à quelques mètres de l'entrée.

— Je t'offre une glace pour me faire pardonner, enchaîna Charlotte qui fouillait dans son sac à la recherche de son porte-monnaie.

— Je ne sais pas, hésita Stéphanie. Ce n'est pas vraiment l'heure et ce n'est pas bon pour mes kilos.

Elle jeta un œil sur le bourrelet qui dépassait de son pantalon à sa taille. Elle releva la tête juste à temps pour apercevoir le bazar dans le sac à main de Charlotte.

— Je les aime bien tes formes moi, riposta Charlotte. Je te trouve aussi appétissante qu'un croissant chaud. Vanille ou chocolat ?

— Pistache.

Charlotte éclata de rire et avança de quelques pas.

— C'est drôle, c'est mon parfum préféré, avoua-t-elle en tournant la tête dans sa direction. Attends-moi.

Elle fit signe au marchand de glace, un petit homme jovial et bedonnant, dont le cheveu rare laissait briller le crâne. Elle se dirigea jusqu'à lui et regarda les spirales vertes s'empiler sur les cornets et s'achever en une pointe gourmande. Les papilles en émoi, elle déposa les pièces dans la main du vendeur et saisit les crèmes glacées.

Elle en tendit une à Stéphanie qui passa une langue avide sur la crème qui fondait légèrement. Charlotte se remémorait leur baiser et la douceur de ses lèvres, l'expertise de sa langue toute douce. Elle regrettait presque de lui avoir offert. Tous ses gestes gourmands la rendaient encore plus désirable. Comment lui dire à quel point elle se reprochait de s'être éclipsée, au lieu de la déshabiller lentement, et de l'allonger nue sur le sol pour lui faire l'amour ? Elle avait hésité, tenté de lui démontrer qu'elle était quelqu'un de bien, mais maintenant, elle haïssait son manque de folie. Ses cheveux blonds s'échappaient au vent. Elle aimait leur indiscipline. Tout absorbée par sa dégustation, elle était merveilleuse.

— C'est la première fois que je rencontre quelqu'un qui, comme moi, adore la pistache, dirent-elles simultanément.

Elles éclatèrent de rire. *Nous avons au moins un point commun*, pensa Stéphanie.

— Dis-moi, je me demandais si ça te dirait d'aller dans la forêt avec moi, chuchota Charlotte.

Stéphanie ignorait comment réagir. Elle léchait sa glace, gagnant quelques précieuses secondes de réflexion. *Que peut-elle bien me trouver ? Pourquoi perd-elle son temps à s'occuper de moi et à me tenir compagnie ? Si je l'envoie sur les roses, elle ne se laissera pas faire, si j'accepte, cette promiscuité risque de remettre mon corps dans tous ses états. Je refuse de succomber.*

— Tu n'as rien de mieux à faire ? hasarda-t-elle.

La frustration de la veille était encore bien trop présente dans son esprit. Elle croqua dans le cornet en gaufrette et des miettes tombèrent dans son décolleté.

— Que tu es compliquée, soupira Charlotte qui savourait sa glace les yeux fermés. Pourtant, ma question est simple. Il n'y a que deux choix possibles : oui ou non.

— Je…, hésita Stéphanie en rougissant.

Plus elle passait de temps avec elle, plus elle risquait d'y prendre goût et plus le contrôle des événements pouvait lui échapper. Charlotte éclata de rire. Sa glace terminée, elle patientait, les mains sur les hanches.

— À te regarder, on pourrait croire que tu prends une décision vitale, se moqua-t-elle en la fixant dans les yeux.

— D'accord, concéda Stéphanie en sentant son portable vibrer dans la poche de son jeans.

Un SMS d'Amandine l'informait qu'elle ne serait pas là avant la fin de l'après-midi. Elles avaient donc largement le temps de parcourir la forêt de

Brocéliande avant de la rejoindre. Stéphanie pensait qu'elle allait retrouver son amie ce soir-là, mais elle se trompait.

3

Charlotte évoluait gracieusement dans la nature. Elle avait ralenti sa foulée dans le but de laisser passer Stéphanie. Elle observait ses formes à loisir. Elle la vit chanceler.

— Fais attention, tu vas trébucher, s'exclama-t-elle en scrutant chacun de ses mouvements.

— Mais il n'y a rien au sol, que de l'herbe verte. Tu veux que je trébuche sur quoi ? râla Stéphanie en stoppant net sa progression.

La roche aux fées apparaissait devant leurs yeux émerveillés. Les arbres avaient, au fil des années, créé un écrin de verdure aux blocs de pierre. Le soleil léchait le dolmen entre les branches. La fraîcheur à l'intérieur, bienvenue, piquetait leur peau de petits frissons. À travers le plafond bas, les rayons apportaient ce qu'il fallait de lumière. Stéphanie la précédait et Charlotte se disait que ces lieux étaient encore plus magiques avec cette fille dedans. Si les fées existaient, elle en faisait partie, ses yeux pouvaient en témoigner. Arrivées contre le bloc du fond, leurs bras se frôlèrent, se touchèrent et leurs poils se dressèrent. Elle savait que la température plus basse n'y était pour rien dans cette transformation.

— C'est irréel, murmura Charlotte.

Elle en resta bouche bée.

— Complètement, avoua Stéphanie, charmée, les yeux parcourant les rocs en prenant soin d'éviter ceux de cette rousse, très couleur locale. Amandine manque tout ça, soupira-t-elle.

— On a coutume de dire que les absents ont toujours tort, formula Charlotte en caressant la pierre avec sa main.

— Sans doute, acquiesça Stéphanie en s'attardant un instant sur la poitrine de son accompagnatrice.

— Ce n'est pas parce qu'elle passe du bon temps que tu dois gâcher tes vacances. Allez ! Sois positive, la charia Charlotte en forçant volontairement la taille de son sourire, qu'elle transforma en grimace.

Stéphanie rit, le rythme cardiaque de Charlotte accéléra au rythme de ses pensées. Elle s'enivrait de son délicat parfum. *La vanille, toute une histoire. Ainsi cette fille me rendra folle ?* Stéphanie recula de deux pas et se retrouva adossée au bloc de pierre. Charlotte s'avança et leurs corps se touchèrent. Elle imaginait sa tendre façon de l'embrasser, sa langue experte, la plénitude ressentie alors. *Un baiser*. Elle désirait encore un baiser, à la fois doux et torride. Elle prit une profonde inspiration. Elle ne pouvait pas la forcer. Elle devait faire les choses dans l'ordre, passer du temps en sa compagnie, tenter de conquérir son cœur et après seulement, laisser ses mains et sa langue caresser toutes les parties dont elle avait envie. Si elle ne trouvait pas très vite une activité, quelque chose pour s'occuper l'esprit, elle allait lui sauter dessus et lui faire l'amour à même le sol.

Stéphanie se détendait petit à petit. Elle pensait de moins en moins à Amandine et, contre toute attente, son après-midi se révélait fort agréable. Les lieux féeriques l'enchantaient et Charlotte se pliait en quatre pour lui rendre ce moment charmant. Cette fille étrange commençait à lui plaire.

— Tu ne pas m'as dit que tu devais bosser ? questionna Stéphanie qui scrutait chacune de ses réactions pour y déceler la moindre trace de mensonge.

— Je ne travaille pas à cette heure-ci et je suis toute à toi. Tu en as déjà marre de moi ? s'alarma Charlotte en faisant mine d'observer ses chaussures.

— Je ne voudrais pas te faire perdre ton temps, la rassura Stéphanie en lui posant une main brûlante sur l'épaule.

Charlotte la regarda en souriant. Plus elle l'observait, plus elle la trouvait belle. Chaque détail sur son corps, chaque grain de beauté, la rendait plus désirable encore.

— J'ai lu que certaines croyances anciennes affirment que le nombre de pierres varie tout le temps, l'informa Charlotte en les désignant du doigt. La légende prétend que les couples viennent ici tester leur amour. Ils doivent compter séparément les pierres, l'un dans le sens des aiguilles d'une montre, l'autre dans le sens inverse. Si les amoureux trouvent le même nombre, leur union perdurera à travers le temps. Ça te dit d'essayer ? proposa-t-elle en rougissant.

— Pourquoi pas ?

Stéphanie partit à droite, Charlotte choisit la gauche. Elles s'appliquèrent à dénombrer les roches.

— Attends, la stoppa Stéphanie, alors qu'elles se retrouvaient face à face à leur point de départ. On va marquer chacune notre nombre sur un morceau de papier. Pas de triche, comme ça.

— Si tu veux. Mais je n'ai pas l'habitude de tricher. Tu en as un ?

— J'ai un bloc-notes dans mon sac. Ça fera l'affaire.

Stéphanie détacha une feuille qu'elle distribua avec un stylo noir rongé. Elle inscrivit rapidement le résultat de son enquête sur une autre puis elles échangèrent leur papier. L'écriture de Charlotte, toute en rondeurs, rappelait celle que les instituteurs enseignaient à l'école primaire. Stéphanie eut honte de la sienne, petite et anguleuse. Un immense sourire éclaira leurs visages. Elles étaient tombées d'accord : selon elles, la roche aux fées était composée de quarante et une pierres.

— Ne t'inquiète pas, ce n'est pas une demande en mariage, ironisa Charlotte en remarquant que Stéphanie se mordait la lèvre. Tu restes encore libre de faire ce que tu veux.

— Encore heureux, se moqua Stéphanie en se rapprochant. Si l'on continuait notre chemin ? On a plein de jolies choses à voir.

Dans la forêt de Brocéliande, un arbre, dont la courbure du tronc impressionnante se dressait sur le chemin, comme un J majuscule, défiait leur équilibre. Les formes étranges des végétaux rendaient le lieu magique, à l'instar de cet autre arbre, tordu au même titre qu'une danseuse étoile. Le soleil peinait à s'infiltrer au travers des épais feuillages.

Elles débouchèrent sur une pierre blanche et plate, légèrement surélevée du sol, puis longèrent un large chemin, avant d'aboutir sur un petit ruisseau dont le chant mélodieux attirait les animaux. Un tronc d'épaisseur moyenne créait un petit pont de fortune reliant les deux rives. Des souches de tailles différentes jonchaient le lit de l'eau, qui se faufilait en un modeste courant rafraîchissant.

Charlotte rêvait de la prendre par la main, et de sentir ce chaud contact. Mais après la scène de la dernière fois, elle n'osait pas tenter quelque chose.

Le chêne de Guillotin, vieux d'un millénaire avec ses dix mètres de circonférence, écartait ses branches immenses comme un signe de bienvenue.

— Regarde comme c'est beau ! s'exclama Stéphanie, les yeux remplis d'émerveillement.

Charlotte la trouva si sublime, qu'elle eut envie de la serrer fort contre elle, en une tendre étreinte. Elle avança de deux pas, puis, percevant des foulées à proximité, s'arrêta.

Un vieux monsieur, les cheveux blancs parsemés et le corps déformé par ses rhumatismes, se dirigeait dans leur direction, avec un grand sourire aux lèvres. Ses jambes fines et osseuses semblaient perdues à l'intérieur de son bermuda trop ample.

— Bonjour mesdemoiselles ! les salua-t-il en esquissant un signe de tête et une petite courbette d'un autre temps.

Les filles lui rendirent son sourire et s'écartèrent pour le laisser passer.

— Merci mes braves ! Je suis ravi d'être en de si bonne compagnie, claironna-t-il. J'avais promis à ma défunte femme, qu'après sa mort je viendrais ici me recueillir. La maladie l'a malheureusement emportée et me voilà.

Stéphanie lui lança un doux regard réconfortant. Elle n'osait pas lui taper sur l'épaule, mais ce petit vieux lui rappelait son défunt grand-père.

— Elle aimait la Bretagne, votre épouse ? demanda Charlotte, les bras croisés.

— Tout ce qui concernait les légendes la fascinait. Je l'écoutais m'en parler durant des heures. Par exemple, savez-vous que la croyance populaire prête à cet arbre des vertus guérisseuses ? Il suffirait d'appuyer ses paumes contre son tronc, pour qu'un peu d'énergie vitale passe à travers son écorce et vous remette sur pied.

Il joignit le geste à la parole et se cala contre le bois. Elles l'imitèrent et apposèrent leurs mains contre le tronc, en fermant les yeux pour profiter du silence et de la magie des lieux. L'écorce rugueuse crissait sous les doigts. Charlotte sentait couler la sève à travers, à moins que ce ne soit son imagination qui lui jouait des tours. Une pluie fine et froide se mit à tomber, martelant les feuilles en troublant le calme. Stéphanie soupira. Si le mauvais temps arrivait, elles devraient écourter leur visite et rentrer dans cet hôtel, qu'elle n'était plus si pressée de retrouver. Elle ne bougea pas et écarta légèrement ses doigts. Charlotte se pencha dans sa direction.

— Je préfère largement être nue sous la douche, lui murmura-t-elle à l'oreille.

Stéphanie ouvrit les yeux et se mit à frissonner. La belle rousse se tenait à quelques centimètres d'elle. Ses habits près du corps et mouillés et lui collaient à la peau.

— Tu as froid ? s'inquiéta Charlotte. Tu trembles.

Elle s'avança jusqu'à ce que leurs épidermes se touchent. Sa chaleur la surprit. Elle regarda du coin de l'œil le grand-père qui s'éloignait en boitillant. Elle posa une main sur le dos de Stéphanie et resta là, immobile, attendant un baiser qui ne venait pas.

— J'ai plutôt chaud, la rassura Stéphanie, qui n'osait toujours pas bouger.

Le vent soufflait réellement très fort, mêlant leurs cheveux. Les feuillages bruissaient en s'agitant. Une puissante bourrasque manqua de les faire tomber.

— Nous devrions nous dépêcher de rentrer ! Nous allons nous enrhumer. Le temps dans cette région est vraiment changeant.

Charlotte prit Stéphanie par la main et elles coururent côte à côte en riant comme deux enfants en train de s'amuser.

— Je ne pensais pas faire un concours de t-shirt mouillé aujourd'hui, lança Stéphanie qui commençait à s'essouffler.

Elle regretta une nouvelle fois son manque de forme.

— Faire un concours ? Vraiment pas besoin, plaisanta Charlotte ! Tu gagnerais haut la main, je t'assure. Tu possèdes des attributs imbattables.

— Tu pourrais regarder ailleurs non ? la gronda gentiment Stéphanie dont le visage virait au rouge écarlate.

— C'est assez visible, se défendait Charlotte en humectant ses lèvres. La nature a été généreuse avec toi. Mes yeux ne voient que ça.

Stéphanie sourit. Le fin tissu plaqué par la pluie ne cachait plus grand-chose des sensations qui transformaient son corps. Elle savait que Charlotte la fixait et sentait le désir monter. Elle n'était pas certaine du rôle qu'avait joué ce chêne magique, mais loin d'être fatiguée, elle se serait volontiers adonnée à une autre sorte d'activité pour laquelle tout vêtement aurait été inutile. Elle avait envie de l'embrasser, maintenant, plus longtemps et plus intensément encore que la première fois, de l'agripper par les cheveux, de glisser sa bouche sur son corps nu, de haut en bas, un peu partout.

Au volant, Charlotte sifflotait. Elle les ramenait à l'hôtel. Stéphanie gardait le silence. Elles avaient eu raison de prendre la voiture. Les trombes d'eau s'abattaient. Les paysages se remplissaient de mélancolie. Elle ferma les yeux. Rien ne se déroulait comme prévu. Elle allait vraiment devoir mettre les choses au point avec Amandine, si un jour elle refaisait surface. *Et si toute cette histoire n'était qu'une diabolique machination d'Amandine ? Se pourrait-il que dans son désir de me caser elle m'ait envoyé Charlotte dans les pattes en s'effaçant pour permettre aux choses de se faire ? Pire… si elle l'avait payée ? Si cette belle rousse ne s'intéressait à moi que par devoir ? C'est décidé : si Amandine me plante*

encore aujourd'hui, je repars demain par le premier train et passe tout le restant de la semaine à dormir dans mon grand lit chaud et douillet.

Dans le hall de l'hôtel, elle se dirigea vers la réception. L'employée, une femme brune d'un certain âge, les cheveux regroupés en chignon, lisait le journal en grommelant.

— S'il vous plaît ? demanda Stéphanie, en se mordant la lèvre, agacée par le manque d'intérêt dont elle faisait preuve.

— Oui, grogna la réceptionniste en relevant la tête sans poser sa lecture.

Puis, se rendant compte que les filles étaient trempées jusqu'aux os continua d'une voix plus douce :

— Mes pauvres ! Ne prenez pas froid, c'est si vite fait. Je peux vous être utile à quelque chose ? Voulez-vous deux cafés bien chauds ? Mieux. Vous allez vous changer, prendre une douche et je vous fais monter vos cafés.

Elle s'était mise debout et s'approchait en réarrangeant son chignon.

— Je préférerais, commença Stéphanie…

— Il ne faut pas prendre les coups de froid à la légère, vous savez, l'interrompit-elle en la toisant. Elle baissa la voix et en chuchotant ajouta :

— On m'a raconté ce qu'il vous était arrivé ! Ah là là... À votre place, je ne parviendrais plus à fermer l'œil. Heureusement que vous n'êtes pas toute seule, ma pauvre.

Stéphanie écarquilla les yeux et haussa les sourcils.

— Amandine Courtet a demandé les clefs de la chambre ? Elle est déjà montée ?

— Ah ? Mais je croyais que c'était la femme qui est toujours avec vous, madame Courtet, s'étonna l'employée en lâchant ses cheveux. Je suis confuse.

Elle devint toute rouge et baissa les yeux.

— Bien sûr que non ! s'insurgea Stéphanie, les joues empourprées.

Elle haussa les épaules.

— Excusez ma méprise, mais étant donné que je vous vois ensemble très souvent... j'en avais déduit que, balbutia la réceptionniste en triturant ses doigts.

— Cette femme n'est pas mon amie. Enfin... pas... pas Amandine.

Elle ne désirait pas étaler sa vie privée, mais venait de s'embourber tellement profondément, qu'elle ne savait pas comment s'en sortir. Pire, cette inconnue devait les prendre pour deux amantes. Quelles vacances cauchemardesques ! Elle poursuivit :

— Charlotte occupe une de vos chambres. Nous avons sympathisé. Alors, Amandine Courtet n'est toujours pas là ?

— Vous savez, l'hôtel est plein, s'excusa la dame. Difficile de vous répondre.

— Mais quelqu'un a-t-il demandé les clefs de la chambre ? relança Stéphanie en observant avec dégoût un homme qui farfouillait dans son nez avec son index.

— Non. Personne. Je ne peux malheureusement pas vous aider mademoiselle, mais je commande vos cafés tout de suite.

Elle apostropha une serveuse qui passait avec un plateau vide et lui donna des instructions. Stéphanie soupira. Elle se mordit la lèvre. *Amandine, tu ne perds rien pour attendre. Tu dépasses les bornes. Demain, je te plante. Je retourne en Franche-Comté et tu récupéreras tes bagages chez ce directeur si bon commercial.* Elle s'engouffra dans l'ascenseur, Charlotte sur les talons. Elle appuya sur le bouton du deuxième étage. *Mince, j'ai encore une fois oublié de prendre les escaliers.* Elle ferma les yeux, mais pas d'incident. Elle franchit la limite de la cabine et se dirigea vers sa chambre. Elle repensait à tout ce qu'elles avaient prévu, à

Amandine, à leur joie au départ. Elle glissa le pass et entra. Elle pivota. Elle remit machinalement sa bretelle de soutien-gorge quand elle prit conscience de la présence de Charlotte sur le seuil.

— Charlotte ? Je… je t'avais oubliée, balbutia-t-elle en baissant la tête.

— Je l'avais remarqué merci, ironisa cette dernière. Tu m'oublies vite, dis donc. Je suis déçue.

— Je peux me débrouiller sans toi, tu sais, se défendit Stéphanie en poussant la porte.

— Je voulais juste m'assurer que rien n'allait t'arriver. J'y vais. Ne t'inquiète pas. Tu seras débarrassée de moi.

Comme la veille, elle disparut dans le long couloir, foulant avec grâce l'épaisse moquette bordeaux.

Stéphanie s'allongea sur le lit. Ses nerfs lâchèrent et elle pleura. Amandine filait le parfait amour et elle, elle subissait le mauvais temps, et devait supporter Charlotte. Ses habits trempés avaient humidifié la couette. *Il ne manquerait plus que j'attrape un rhume*, maugréa-t-elle en grimaçant. Elle se leva. Le lit émit un grincement plaintif. Elle renifla et l'odeur lui déplut. Elle soupira en se rendant à la salle de bain. Elle se déshabilla, envoya valser les vêtements à travers la pièce à coups de pied, puis se glissa sous la douche. Le jet d'eau chaude qui tombait sur sa peau et ses cheveux la détendit. Elle se savonna, s'amusa à faire mousser le plus possible le gel douche parfumé à la vanille, puis massa son cuir chevelu avec du shampoing pour bébé. Elle ne supportait pas celui qui piquait les yeux. Elle se rinça longuement. Elle enroula une serviette autour de son corps et s'essuya les cheveux qu'elle enrubanna dans une autre. Quelqu'un frappait à la porte. Elle hésita une dizaine de secondes puis alla ouvrir. C'était certainement Amandine.

— Charlotte, soupira-t-elle en s'écartant pour la laisser entrer.

— Ah là là, cache ta joie ! Tu pourrais sourire une peu. Tu es tellement belle quand tes yeux pétillent.

— J'attends toujours Amandine, l'informa Stéphanie en reculant contre le lit.

Charlotte la toisa. Stéphanie sentit ses joues rougir et son cœur accélérer : la serviette la dissimulait à peine. *Quelle idiote ! J'aurais pu prendre deux minutes pour m'habiller.*

— J'ai décidé de dormir avec toi ce soir. Ne dis pas non.

— Ça va pas, objecta Stéphanie en resserrant la serviette qui menaçait de glisser.

— Écoute, continua Charlotte. Je ne sais pas ce que fait ta copine, mais tu es seule. Quelqu'un essaie de te voler tes affaires et j'aime bien être avec toi.

Elle patientait, le dos appuyé contre la porte, immobile.

— Même pas en rêve ! s'indigna Stéphanie.

— En rêve… Évitons d'aborder le sujet. Mais je t'assure qu'avec toi ils sont vraiment très beaux.

Charlotte passa une langue gourmande le long de ses lèvres et esquissa un clin d'œil. Stéphanie posa ses mains sur ses hanches.

— Non. Tu ne vas pas dormir avec moi, s'énerva-t-elle.

— J'aurai au moins essayé ! Tu en es sûre ? Vraiment sûre ?

Charlotte se pencha et l'embrassa langoureusement sur la bouche puis s'enfuit dans le couloir en lui faisant signe sans se retourner.

« *Garce* », pensa Stéphanie en refermant la porte.

Cette nuit-là, elle fit de beaux rêves mettant en scène une superbe rousse qui courrait dans l'herbe totalement nue, avant de s'allonger dans la nature au milieu des fleurs fraîchement écloses.

❤ ❤ ❤

— Salut, Steph, l'apostropha Charlotte en trottinant jusqu'à sa table.

Sa voix enjouée et son beau sourire agaçaient Stéphanie qui avait mal dormi. Le matin, elle désirait qu'on lui fiche la paix pour se nourrir en silence.

— Tu ne me laisseras jamais manger tranquille, maugréa-t-elle en regardant ses croissants.

— J'ai réfléchi, l'informa Charlotte en posant son plateau sur la table et en s'installant.

— Ah bon, ça t'arrive ? se moqua Stéphanie en replaçant ses pieds sous sa chaise. Tu viens me beurrer mes tartines ? Tu veux me piquer mes croissants ?

Toujours en souriant, Charlotte découpa une demi-baguette en tranches et y tartina du beurre et de la confiture de fraises. Elle les déposa à côté du bol de café de Stéphanie et but quelques gorgées avant d'avaler un œuf dur. Elle aligna deux croissants encore chauds devant elle.

— Je disais donc, reprit-elle. J'ai réfléchi. Je n'arrive plus à travailler parce que tu m'obsèdes. Je veux coucher avec toi.

Stéphanie lâcha sa tartine qui s'écrasa mollement dans un plouf et fit gicler le café. Elle écarquilla les yeux. Soit elle rêvait encore, soit cette fille avait perdu la raison. Elle garda le silence.

— J'ai envie de te faire l'amour. C'est simple. J'y pense depuis que je t'ai vue, avoua Charlotte.

Elle fixait Stéphanie droit dans les yeux. Aucune des deux ne bougeait.

— Tu as… envie… de quoi ? bredouilla Stéphanie qui sentait une bouffée de chaleur irradier son corps.

— De te faire l'amour. Maintenant. Enfin très vite. J'ai besoin de travailler, précisa Charlotte en croquant dans son croissant.

— Tu veux coucher avec moi, parce que tu veux travailler ? s'offusqua Stéphanie.

Ses yeux sautaient de Charlotte à sa tartine. Elle les ferma pour respirer les effluves de son café.

— Tu es une femme, expliqua Charlotte en lui saisissant l'avant-bras. J'aime les femmes. Tu es une très belle femme. Je…

— Tu te rends compte que ce que tu dis ne tient pas la route ? la coupa Stéphanie, en se libérant de l'étreinte. Tu devrais te faire soigner ! s'emporta-t-elle.

Elle recula son buste le plus possible contre le dossier de sa chaise. L'appétit coupé, elle soupira. Charlotte baissa la tête. Elle avala son deuxième œuf, ses deux croissants, le restant du pain, engloutit son café et se mit debout sans dire un mot.

Stéphanie se leva à son tour et la retint in extremis par le bras :

— Attends, murmura-t-elle.

Charlotte se retourna, la mâchoire crispée. Les yeux humides, elle fixait le sol.

— Quoi encore, bougonna-t-elle. Tu as été claire, non ?

— T'as vu comment tu m'annonces ça ? se défendit Stéphanie sans la lâcher. Charlotte leva le menton.

— Je ne sais pas comment m'y prendre avec toi. Tu m'annonces que tu veux partir, tu attends ta copine invisible. C'est compliqué et je ne cherche pas d'embrouilles.

— Tu es venue en vacances pour te taper une fille ? lança Stéphanie en la libérant.

— Je ne suis pas en vacances. Je travaille, la corrigea Charlotte en se frottant l'avant-bras.

Stéphanie soupira et souffla sur une de ses mèches rebelles.

— Je… tu fais une expérience sur moi, bredouilla-t-elle ?

Charlotte écarquilla les yeux, ouvrit la bouche et resta en suspens.

— Une expérience, s'étonna-t-elle ? Mais de quoi parles-tu ?

— Tu travailles, mais tu passes ton temps avec moi, se justifia Stéphanie en se rasseyant.

— Je suis critique gastronomique. Je mange de bons petits plats. Je note mes observations. Je rédige des fiches et des articles.

— Je ne t'ai jamais vue bosser.

— Tu m'as vue manger.

Stéphanie se leva et, face à elle, pointa l'index dans sa direction.

— Tu vas me dire que tu n'as trouvé personne de mieux que moi ? Tu es en manque ou quoi ?

Charlotte leva les bras au ciel.

— Pour qui me prends-tu ? se récria-t-elle en devenant toute rouge. Je ne suis pas quelqu'un qui saute comme ça sur les filles.

— On ne dirait pas, maugréa Stéphanie.

— Tu es injuste avec moi. J'ai été réglo. Je t'ai embrassée pour te faire comprendre mes sentiments. Deux fois, si tu t'en souviens. Je n'ai rien tenté de plus, même si j'en avais très envie.

— Je ne suis pas un coup d'un soir, souligna Stéphanie.

Son téléphone sonna. Elle soupira en l'extrayant de sa poche. *Amandine. Toujours au mauvais moment celle-là.* Elle décrocha.

— Tu ramènes tes fesses ? lâcha-t-elle en resserrant ses phalanges sur le combiné.

Charlotte regardait les clients qui défilaient avec leurs plateaux. Plus elle sentait la colère de Stéphanie qui montait, plus elle s'en réjouissait. Amandine ne serait encore pas dans ses pattes aujourd'hui et elle aurait le champ libre. Elle tenterait tout pour obtenir ce qu'elle désirait. Stéphanie raccrocha.

— Laisse-moi deviner. Ta copine t'a planté une nouvelle fois et tu es seule pour la journée sans savoir quoi faire ni où aller.

— Moque-toi. Mes vacances virent au fiasco.

— Pas tout à fait. Il faut toujours que tu sois pessimiste. Regarde, tu as une belle rousse à tes côtés.

Stéphanie ne répondit pas. Elle sourit, la salua d'un signe de la main, fit demi-tour et gravit les escaliers. Une fois dans sa chambre, elle rassembla ses affaires dans son sac, bien décidée à quitter la région le plus rapidement possible.

4

— Coucou ! J'ai frappé à ta porte, mais tu ne m'as pas répondu, souligna Charlotte en s'asseyant sur la chaise à côté de Stéphanie, qui remuait son café sans relever la tête.

Elle observait distraitement le croissant accolé à sa tasse. Troublée, elle repensait à cette phrase : « *J'ai envie de te faire l'amour* ». Le pire c'était que plus le temps passait, plus elle la désirait à son tour. Pourtant leur histoire n'avait rien de romantique. *Suis-je prête à succomber à un amour de vacances ? Chaque année, des centaines de personnes se laissent tenter. Pourquoi pas moi ?* Dans sa chambre tout à l'heure, prise de pulsions érotiques, elle s'était détendue sous la douche en pensant à Charlotte, à son corps nu, à ses tout petits seins, à son dos cambré, imaginant sa main se promenant à certains endroits. Sa peau se couvrit de frissons, ce qui n'échappa pas à Charlotte.

— Tu as froid ? s'étonna-t-elle en lui dérobant un morceau de croissant.

Stéphanie rougit. Elle savait qu'elle ne pouvait pas lire dans ses pensées, mais se sentait prise en faute.

— Pas du tout, objecta-t-elle en se dépêchant de terminer sa viennoiserie avant que Charlotte n'engouffre tout.

— Je t'invite à manger dans un restaurant gastronomique à midi, proposa Charlotte en se levant pour faire signe à la serveuse. Je te promets que je roule prudemment et que j'ai tous les points sur mon permis de conduire.

Charlotte commanda un café et trois croissants chauds et poursuivit :

— Je vois que tu ne réponds pas. J'ai dû te faire peur la dernière fois, mais laisse-moi ma chance. Il y a tellement de choses qui me plaisent chez toi !

Stéphanie releva la tête et sourit. Ce petit jeu entre elles ne la rebutait pas. Elle se sentait bien avec cette inconnue, sortie tout droit d'un ascenseur et dont l'estomac sans fond contenait une tonne de nourriture.

— Ah oui ?

— Écoute, j'aime passer du temps avec toi. J'aime ton sourire quand il fait briller tes yeux. J'aime tes cheveux quand ils s'emmêlent et n'en font qu'à leur tête. Viens avec moi aujourd'hui. Je te ferai découvrir mon métier. Le soleil est de retour. Tu ne vas pas laisser Amandine passer des meilleures vacances que toi. Profite ! Je suis à ta disposition.

Charlotte regardait avec gourmandise les petits croissants posés devant elle. Elle en engloutit un. Stéphanie la trouvait belle. Ses longs cheveux roux réunis en queue de cheval lui conféraient un air plus sérieux. Elle était vêtue d'un pantalon de lin beige et d'un chemisier blanc. Des taches de rousseur parsemaient sa peau si claire, que même le soleil ne parvenait à la colorer.

— Tu manges toujours autant ?

— Il y a des jours comme ça, déclara Charlotte en haussant les épaules. J'ai faim pour le moment et j'avoue que j'ai un faible pour leurs croissants tout chauds : une tuerie. Tu en veux encore un ?

— Non merci. Je dois faire attention, répondit Stéphanie en appréciant la transparence des vêtements de la gourmande : la dentelle du soutien-gorge se dévoilait à travers.

— Comme tu veux. Je respecte ta décision. Tu es célibataire ou tu as quelqu'un dans ta vie à part Amandine ?

— Je suis seule et je t'ai déjà dit qu'Amandine était juste une amie.

— Je me demande bien pourquoi tu n'es pas en couple. Tu as des défauts invivables ? Des tares impossibles ?

Stéphanie remit sa bretelle.

— J'ai un cerveau et je l'utilise, assura-t-elle. Ça ne plaît pas forcément. Et toi ?

— Oh… moi ? J'ai eu des occasions, mais j'attends simplement la bonne personne.

Stéphanie rit. C'était une des répliques niaises qu'aurait pu lui faire Amandine.

— Tu as dû la sortir bien des fois celle-là, ironisa-t-elle en secouant la tête.

— Tu me prends vraiment pour ce que je ne suis pas, se renfrogna Charlotte. Figure-toi que je suis restée quinze ans avec la même femme, ce n'est pas rien. Écoute, je ne vais pas te sauter dessus au milieu des clients, t'allonger sur la table et t'embrasser dans des tas d'endroits que je rêve d'explorer. Je t'ai simplement proposé d'aller manger. Ça ne t'engage à rien.

Stéphanie sortit son téléphone et consulta ses messages. Elle en envoya un à Amandine pour l'avertir qu'elle ne serait pas disponible pour la journée. Elle regretta presque immédiatement de l'avoir prévenue. Elle aurait dû la laisser trouver porte close et se demander ce qui avait bien pu lui arriver. Elle ne méritait pas d'être rassurée.

Charlotte détacha sa queue de cheval et secoua ses cheveux.

— Tu viens au musée avec moi avant ? proposa-t-elle en se relevant.

Elles s'engagèrent dans la cour et franchirent le bâtiment en pierre de taille en gravissant les quelques marches basses. Légèrement patinées, elles glissaient sous les semelles. À l'accueil, la lumière naturelle baignait les lieux. Elles passèrent devant quatre énormes piliers et débouchèrent sur un patio aux murs blancs étincelants. Celui de gauche garni de peintures de tailles et formes variées, avec leurs cadres assortis, attirait les regards. Les visiteurs peu nombreux ne prêtaient aucune attention à elles. Stéphanie s'approcha pour mieux regarder. Elle n'avait jamais cherché à s'intéresser à la peinture. Ce domaine lui était parfaitement inconnu. Elle ne connaissait pas la valeur des toiles. Elle craignait de passer pour une gourde auprès de la belle Charlotte et n'osait pas commenter ce qu'elle voyait. Elle crut distinguer une silhouette connue du coin de l'œil, mais tout absorbée par sa contemplation, l'oublia très vite. Les œuvres peintes entre le XVIIe et le XIXe siècle d'auteurs anonymes créaient une mosaïque étonnante, trop chargée selon ses goûts.

Son corps bouillonnait malgré la fraîcheur des lieux. Charlotte ne cessait de la tourmenter. Elles se tenaient maintenant devant une peinture à l'huile de Georges de La Tour, le nouveau-né. Les couleurs se limitaient au blanc, au rouge, au mauve, sur un fond brun. La toile représentait deux femmes qui veillaient sur un bébé dans une nuit remplie de mystères. En constatant le clair-obscur superbement réalisé, Charlotte soupira puis déclara :

— J'aimerais peindre aussi bien. C'est tellement beau ce que cette bougie apporte en lumière.

— Parce que tu peins ? s'étonna Stéphanie. Je croyais que ton seul don était de manger.

Charlotte rit.

— Je cuisine également, et même très bien. Je te concocterai de bons petits plats. Oui, je peins. Mais ne te fais pas d'illusion, je suis loin d'avoir ce talent.

— La seule chose que je fais bien, c'est dormir. Non, plus sérieusement je n'ai jamais essayé de peindre. Je n'y ai d'ailleurs jamais pensé.

— Je peux te montrer, si tu veux. J'ai suivi des cours avec un vrai peintre en Italie. Je peux tenter de t'enseigner.

Stéphanie haussa les épaules.

— Peut-être un jour, murmura-t-elle.

— J'aime bien regarder les tableaux anciens, confia Charlotte, les yeux brillants. J'imagine des époques révolues, la vie de ces personnes, ce qu'elles pouvaient faire ou manger. Tu vois, ils n'avaient pas nos moyens, nos cuisines, nos ingrédients. Pourtant, ils devaient nourrir des familles nombreuses. Certaines fratries atteignaient quinze enfants. De nos jours, un seul nous monopolise déjà. Nous avons tellement de chance. J'aimerais que les gens en aient conscience.

Stéphanie esquissa un large sourire. Pour la première fois depuis leur rencontre, cette femme avait l'air normale. Elle s'avérait être une excellente guide. Elle appréciait vraiment déambuler en sa compagnie et sa libido la laissait tranquille.

— C'est glauque, murmura-t-elle devant Salomé recevant la tête de saint Jean-Baptiste peint par le Guerchin.

Charlotte fit la grimace en apercevant l'objet de la décapitation, cheveux longs, sur un plateau doré.

— C'est vrai que je préfère voir arriver autre chose dans mon assiette.

— Les interprétations des artistes m'étonneront toujours, enchaîna Stéphanie en ajustant ses cheveux.

— Je t'imagine pourtant très bien trancher la tête d'une fille qui t'aura mise en colère et venir la déposer, quelque part, gloussa Charlotte en lui assénant un léger coup de coude.

— Mais quand même ! se défendit Stéphanie en feignant d'être vexée.

Elle croisa ses bras et releva le menton.

— Tu as suffisamment de caractère pour ça. Tu es de toute manière douée pour casser les gens.

— Comme si c'était mon genre, ronchonna Stéphanie en levant les yeux au ciel.

— Qu'est-ce que t'es sexy quand tu t'énerves ! J'adore les nuances de vert dans tes yeux. Quel beau modèle tu ferais : de quoi inspirer tous les artistes du monde. Tu es vraiment très jolie. Tu poseras pour moi, un jour ?

Charlotte appliqua sa main chaude sur l'épaule large de Stéphanie qui frissonna.

— Je sors, répondit-elle en riant.

Stéphanie se dépêcha de quitter le musée. Son pied buta dans la marche, et elle battit ses bras pour reprendre son équilibre. Par miracle, elle réussit à se rétablir sur ses deux jambes. Encore toute tremblante, elle s'appuya contre le mur pour se calmer et attendre Charlotte. Cette visite très agréable avait renforcé ses convictions : oui, cette femme était cultivée et séduisante, mais non, elle ne devait pas céder à ses pulsions. Son charisme agissait sur elle comme un aimant sur du métal : attirance et domination.

Au volant de sa voiture, Charlotte se réprimandait intérieurement : *décidément, il faut toujours que tu dises quelque chose de stupide.* Elle conduisait son Audi A3 noire sans à coups. Pour une fois, Stéphanie ne craignait pas pour sa sécurité en se faisant transporter à destination. Elle détestait ne pas être la pilote. Dans sa 208 bleue, elle ne respectait pas souvent les limitations de vitesse, mais elle restait prudente. La vie lui avait déjà prouvé qu'il suffisait d'un rien pour que tout bascule. Le sapin vert accroché au rétroviseur distillait dans l'air des notes subtiles de pommes. La radio tournait en bruit de fond sur une station de jazz. Stéphanie n'appréciait pas cette musique, mais elle n'osait pas se plaindre. Même si Charlotte ne semblait pas du genre à l'abandonner en plan sur le trottoir.

En terrasse, les nappes vert pomme habillaient les tables rondes. Les chaises en osier marron, dont le confort laissait à désirer malgré les galettes, endolorissaient leurs fesses. Les arbres créaient un ombrage agréable. Stéphanie montra du doigt un oiseau qui offrait son cou au soleil. Incroyablement séduisante avec ses yeux qui brillaient de plaisir en voyant les assiettes arriver, elle savourait ce moment. Ses cheveux retombaient négligemment sur ses épaules. Elle semblait ignorer ce pouvoir d'attraction magnétique qu'elle possédait. Charlotte, malgré elle, jalousait toutes les autres filles qui posaient leurs regards sur elle. Pourtant, comme elles ne formaient pas un couple, elle n'avait aucun droit sur elle. Elle rêvait d'avoir la chance de lui montrer chaque jour à quel point elle était belle. La visite du musée en sa compagnie s'était transformée en véritable plaisir. Tant que cette femme gravitait autour d'elle, toute activité s'avérait agréable.

— Je ne dévoile jamais ce pour quoi je suis présente, chuchota Charlotte en faisant un clin d'œil. Cela fausserait mon test. Nous sommes là incognito.

— C'est… excitant, bredouilla Stéphanie en rougissant. Tu prends toujours le menu du jour ?

— J'aime bien, oui. Si tu veux autre chose, n'hésite pas.

— Ça ira merci. Même choix pour moi.

Le turbo arriva, installé sur un lit de légumes taillés en petits dés. Une boule de purée les accompagnait. Charlotte déposa soigneusement sa serviette sur ses genoux et s'attaqua au contenu de son assiette. Stéphanie attendit quelques secondes avant de commencer, préférant la laisser goûter. À chaque fois que cette fille mangeait, elle avait l'impression que plus rien d'autre ne comptait pour elle. Si elle faisait l'amour avec le même appétit que celui dont elle faisait preuve en avalant toutes ses bouchées, elle devait être un sacré coup au lit. Elle en avait déjà eu un avant-goût à travers ses baisers qui, de la même manière qu'un hors-d'œuvre, lui avait donné envie de savourer la suite. Sa bouche devait téter comme une experte et connaître tous les endroits propices au plaisir.

— Tu es bien songeuse, Steph. Tu n'aimes pas ?

— Si, si c'est très bon, la rassura Stéphanie, en engouffrant une grosse bouchée.

Le dessert, une tartelette de fruits rouges, arriva sur une assiette décorée de fleurs comestibles et de quelques gouttes de coulis en arc de cercle. Les mûres et les fraises étaient juteuses à souhait et suffisamment sucrées.

À la fin du repas, comme promis, Charlotte paya et elles retournèrent à la voiture. Elle se pencha pour ranger les papiers dans la boîte à gants, et, incapable d'attendre une seconde de plus, elle attira Stéphanie contre elle et l'embrassa langoureusement. Dans un premier temps, elle sentit qu'elle se raidissait et craignit un refus, elle la serrait fort contre son corps, ressentant le besoin de la presser au plus près, de respirer l'odeur de sa peau, et celle fruitée de ses cheveux. Stéphanie se détendit enfin et Charlotte continua. Leurs poitrines plaquées l'une contre l'autre se tendaient. Leurs souffles se raccourcissaient. Elles se tenaient par la nuque, prolongeant le plus possible ce délicieux instant. La finesse des habits d'été ne dissimulait pas grand-chose, une aubaine pour les câlins.

Charlotte se redressa et posa ses mains sur le volant.

— Ce n'est ni le moment ni l'endroit, murmura-t-elle. Désolée, j'ai une nouvelle fois abusé de la situation.

— Je me suis laissée faire, lui rappela Stéphanie en rajustant ses vêtements.

— Pour mon plus grand plaisir. Cependant, je dois te ramener à l'hôtel. J'ai encore du travail cet après-midi. On se verra plus tard. Je te le promets. Enfin, si tu le souhaites.

De retour dans sa chambre, Stéphanie fouilla sa veste, mais ne trouva pas la clef de la valise. *Il n'y a pas tant de poches bon sang !* Elle explora chacune d'entre elles, en soupirant. *Amandine, je te jure que si je te tiens ! J'ai besoin de mes feuilles.* Elle dénicha des chewing-gums, un stylo, un paquet de mouchoirs, mais pas de clef.

— Ça commence à bien faire, grogna-t-elle, en poursuivant son examen minutieux.

Dépitée, elle décida d'aller prendre une douche pour se rafraîchir. Tout en se débarrassant de ses habits, elle pensait à Charlotte. Sa peau se souvenait de ses caresses, c'était comme si elle la touchait encore. Nue, elle pénétra dans la cabine et laissa le jet chaud tomber en pluie sur son épiderme. Elle ferma les yeux pour savourer ce délicieux moment, mais le beau sourire de cette femme ne quittait pas ses pensées. Une soudaine envie de la plaquer contre elle, sans vêtements, dans cette minuscule salle de bain l'envahit. Elle l'énervait, l'impressionnait et l'attirait tout à la fois. Pour ne rien arranger, elle embrassait comme une déesse. Elle essayait de ne pas ressentir de désir qui compliquerait les choses. Pourtant, chaque minute supplémentaire passée auprès d'elle augmentait la puissance de ses pulsions.

Son téléphone sonna. Elle coupa l'eau et se précipita dans la chambre pour décrocher. Aucun chiffre ne s'affichait, mais elle répondit quand même, pressée d'avoir des nouvelles d'Amandine. En général, elle ne faisait jamais ça avec les numéros masqués. Elle fit une entorse à ses principes. Si c'était Amandine qui voulait la contacter, elle ne souhaitait pas la rater. Elle s'inquiétait de son inconscience.

— Allo, grommela-t-elle alors que des gouttes d'eau perlaient sur son corps nu.

Seul le silence lui répondit et l'interlocuteur fantôme raccrocha. *Un faux numéro,* pensa-t-elle. Elle retourna dans la salle de bain pour chercher une serviette, afin d'essuyer sa peau mouillée. Ses cheveux trempés dégoulinaient le long de son dos. Elle revint sur ses pas, et, toujours sans vêtements, décida de tenter de défaire le cadenas. Elle s'accroupit et commença par la date de naissance d'Amandine, puis le mois et le jour, enfin elle aligna son chiffre préféré le quatre. Contre toute attente, il s'ouvrit. Le code 4444 se devinait trop aisément et dévoilait toute son imprudence ! Mais cela arrangeait ses affaires. Elle en fouilla l'intérieur. Quelques habits, le nécessaire de toilette, mais pas trace de ses feuilles. *Comment c'est possible ?* Elle les avait elle-même imprimées avant de partir. Elle enfila un boxer, un soutien-gorge, un short en jeans et un t-shirt. Elle se coucha sur son lit et alluma la télé. Sur l'écran, un film d'amour se déroulait début XIXe. Elle imaginait Charlotte en robe d'époque. Un tel accoutrement ferait ressortir ses beaux yeux verts. Qu'aurait été leur relation durant ce siècle ?

Elles auraient vécu cachées, n'auraient fait l'amour que tard dans la nuit, où à la rigueur dissimulées par des bottes de paille, risquant à tout moment d'être découvertes puis punies. Charlotte était bien du style à faufiler sa tête sous ses jupons. Saisie d'une bouffée de chaleur, Stéphanie agita la télécommande afin de s'éventer. Elle sourit. *Non !* Elle se connaissait suffisamment bien pour savoir qu'elle aurait pris le pouvoir. Elle aurait invité Charlotte dans sa chambre sous un prétexte quelconque. Collant sa bouche contre la sienne, elle aurait dégrafé délicatement sa robe, la faisant glisser jusqu'au sol sans lui laisser le temps de riposter. Elle l'aurait débarrassée de tous les autres vêtements. Elle l'aurait lentement plaquée contre le mur de pierre un peu trop froid et aurait goûté sa peau. D'abord son cou, ses épaules, puis chacun de ses petits seins, menus, mais terriblement appétissants. Elle aurait embrassé son ventre, ses cuisses, puis serait remontée légèrement pour la titiller avec sa langue, longuement, doucement, puis plus rapidement. Elle n'aurait stoppé son exploration qu'après l'avoir entendue gémir. Elle se redressa d'un bond. Elle venait d'avoir une idée. Si elle ne se reprenait pas tout de suite, la situation allait dégénérer. Elle sortit de la chambre, les joues empourprées, et frappa à la porte de Charlotte :

— Tu n'aurais pas une imprimante, par hasard ? demanda-t-elle, en refermant la porte derrière elle.

5

Nue dans son peignoir blanc, Charlotte, les cheveux encore humides, resserrait sa ceinture. La chambre mesurait sensiblement la même taille que celle de Stéphanie. Un grand lit en bois clair trônait au centre. Deux étagères, incluses dans la tête de lit, supportaient un réveil pour l'une et un livre de recettes pour l'autre. La peinture neutre, légèrement beige, rafraîchissait la pièce. La climatisation tournait au ralenti. Un paquet de vêtements, empilés sur le lit, marquait le seul désordre. Charlotte remit les bras le long du corps et les pans s'écartèrent légèrement. Le rythme cardiaque de Stéphanie devint plus rapide. D'imaginer sa peau laiteuse à peine dissimulée, à quelques centimètres d'elle, lui faisait presque oublier le but de sa visite. Elle pourrait facilement glisser sa main droite à travers l'ouverture de son peignoir et la laisser remonter le long de ses cuisses. Elle pourrait alors constater la sincérité de son désir. *Le corps ne ment pas.* Si elle avait été nue devant elle, elle l'aurait caressée doucement. Des épaules, elle serait descendue petit à petit tout en l'embrassant un peu partout, cherchant du bout de la langue des endroits encore méconnus. Elle l'aurait couchée à plat ventre, pour mieux la goûter.

— Une imprimante ? questionna Charlotte, les yeux arrondis. Tu bosses aussi ? Je croyais que tu étais en vacances.

Elle passa une main dans ses cheveux et fronça les sourcils.

— Je voulais vérifier un dossier. Je l'avais imprimé juste avant de partir, puis déposé dans la valise d'Amandine. Il n'y est plus. Je ne comprends pas ce qu'il s'est passé.

Charlotte bougea le bras, et le peignoir s'entrouvrit légèrement, dévoilant un morceau de poitrine. Stéphanie, les yeux rivés sur ce décolleté, éprouvait des difficultés à se concentrer. Son cœur cognait tellement fort qu'il lui semblait qu'il couvrait le bruit de sa voix. Elle mit plusieurs secondes pour réagir.

— Tu as réussi à l'ouvrir finalement ?

— Quoi donc ? demanda-t-elle en s'efforçant de penser à autre chose.

Charlotte sourit et remit en place sa ceinture.

— La valise, précisa-t-elle en lui faisant un clin d'œil.

Les joues de Stéphanie s'empourprèrent. La valise. *Concentre-toi sur la valise !* Elle baissa la tête pour fixer le sol en parquet stratifié.

— J'ai trouvé le code, avoua-t-elle.

— Tu as des talents cachés, dis donc, ironisa Charlotte en avançant.

Elle tourna le dos, se pencha puis remit en place la descente de lit gris clair. *Quel beau cul !* Stéphanie n'en perdait pas une miette.

— J'avais besoin de ces feuilles, se défendit-elle.

— Non, je n'ai pas d'imprimante, l'informa Charlotte en se redressant.

Stéphanie soupira. En se mordant la lèvre, elle réfléchit. *Comment faire ?* Elle voûta son dos et attendit, les bras ballants.

— Es-tu vraiment obligée de les imprimer, tes feuilles ? se renseigna Charlotte en avançant d'un pas.

Stéphanie recula contre la porte. Elle se gratta la joue.

— Je dois relire mon dossier, c'est important, l'informa-t-elle en frappant du poing dans sa main pour ponctuer ses phrases.

— Tu ne peux pas le relire sur un écran ? demanda Charlotte en désignant avec l'index son ordinateur portable posé sur le minuscule bureau de bois clair.

— Je n'ai pas d'ordinateur. Enfin, si, bien sûr que j'en ai un. Mais je ne l'ai pas amené ici.

— Et si je te prête le mien ? Ça te conviendrait ? Pense un peu à la planète et économise des feuilles, ajouta Charlotte.

— Tu ferais ça ? Tu as… confiance en moi, s'étonna Stéphanie qui se cogna dans la porte en reculant de surprise.

Si tu savais à quel point je serais prête à tout pour qu'un sourire vienne éclairer ton doux visage, pensa Charlotte. *Je suis folle. De quoi je rêve encore ? Que grâce à ça, Stéphanie se jette sur moi, m'allonge sur le lit et me procure le plus grand plaisir que je n'ai jamais ressenti jusqu'alors ?*

Stéphanie se mordit la lèvre et regarda le sol. Elle ne désirait pas abuser de sa gentillesse. Un ordinateur faisait partie de l'intimité des gens : il peut contenir les photos personnelles, les vidéos, des fichiers confidentiels. Accepter son aide la ferait pénétrer dans sa vie. Elle se savait suffisamment honnête pour ne pas fouiller. Mais Charlotte ne pouvait pas le savoir. Refuser la vexerait et elle n'avancerait pas dans son dossier. Elle la fixa dans les yeux en souriant.

— Merci. Je ne t'embête pas plus. Je vais regarder un peu la télévision en attendant que tu termines, déclara-t-elle d'une voix enjouée.

Moins d'une demi-heure plus tard, Charlotte tint parole et lui apporta son ordinateur portable ainsi que le chargeur. Elle déposa le tout sur le lit. Stéphanie se remémorait ce corps nu dans ce petit peignoir blanc qui ne dissimulait plus grand-chose. Leurs mains se frôlèrent. Ce contact doux et chaud déclencha en elle une bouffée de chaleur. Elle se mordit la lèvre pour étouffer un soupir d'extase. Maintenant face à face, elles se trouvaient si proches qu'elle sentait sa généreuse poitrine qui écrasait celle de Charlotte. En silence, elles restèrent un moment immobiles l'une contre l'autre.

— Si nous allions nous promener ce soir ? chuchota Charlotte.

Stéphanie laissait ses yeux vagabonder à droite puis à gauche. Elle évitait de la contempler. *Gagne du temps.*

— Je vais déjà regarder ce dossier, si tu le veux bien.

Charlotte recula brusquement. Elle crispa sa mâchoire, ses yeux étincelaient.

— Je sais que tu attends Amandine, c'est surtout pour cette raison que tu ne veux pas t'éloigner, l'accusa-t-elle en la pointant avec son index.

Elle se pencha au-dessus d'elle et leurs nez se frôlèrent.

— Crois-en mon expérience, ajouta-t-elle, lorsqu'une femme est amoureuse, elle est capable de tout. Amandine t'a dit qu'elle l'aimait. Tu l'attends en vain. Elle ne viendra pas.

— Ce n'est pas son genre. Elle n'est pas comme ça. Elle est tellement plus…

Les larmes aux yeux, Stéphanie tremblait.

— Arrête voir de la défendre ! l'accusa Charlotte. Je suis sûre qu'elle est comme les autres. Tu devrais profiter à fond de ton voyage, au lieu de faire comme si tout allait s'écrouler. Elle va bien finir par refaire surface un jour. Il faudra qu'elle reprenne son travail de toute façon. Laisse-la prendre du bon temps. Les vacances, ça sert à ça. Fais-en autant. Bouge-toi.

Stéphanie leva les bras au ciel.

— Mais personne ne vit sans penser aux conséquences, cria-t-elle.

Charlotte lui tourna le dos et se dirigea vers la sortie.

— Tu détestes ne pas tout contrôler, l'accusa-t-elle. L'amour c'est magique. C'est quelque chose de tellement puissant que… Mais tu n'as jamais été amoureuse ou quoi ?

Sans répondre, Stéphanie avança jusqu'à elle, la saisit par la taille, la souleva sans effort. Elle la fit pivoter. La serrant contre elle, elle l'embrassa à pleine bouche. Leurs lèvres s'unirent dans un profond baiser. *Tu vas voir que je suis capable de prendre le contrôle.* Elle inséra délicatement sa langue dans la bouche de sa partenaire pour jouer lentement. Elle lui mordilla la lèvre, recommença à l'embrasser en la laissant à peine reprendre son souffle. Charlotte l'agrippait. Stéphanie la reposa sur le sol et la plaqua contre la porte.

— Ce n'est pas de l'amour ça, déclara-t-elle les lèvres à un centimètre de celle de Charlotte. C'est du désir, des pulsions, quelque chose d'animal qui n'a rien à voir avec les sentiments.

Charlotte se tortilla pour parvenir à se dégager sur le côté.

— Bon sang, grommela-t-elle, tu vas me rendre folle.

— Je ne te retiens pas. Tu connais la sortie, déclara Stéphanie en pointant la porte avec son index.

— Je passe te chercher tout à l'heure. Sois prête. Fais-toi belle pour notre rendez-vous, l'informa Charlotte.

— Ne rêve pas.

— Mais si, tu viendras avec moi. Bisous ma belle, termina Charlotte en lui envoyant un baiser avec la main.

En retournant dans sa chambre, elle n'était plus aussi sûre d'elle. Elle jouait les femmes blasées, mais n'en menait pas large. Elle ne savait plus comment se comporter avec cette belle blonde qui jouait avec ses nerfs.

Stéphanie avait cédé. Elle marchait à côté de Charlotte dans le parc de l'hôtel. Elle en avait terminé avec le dossier, rendu l'ordinateur et avait même acheté un livre qui parlait de la région à l'accueil. En guise de marque-page, elle y avait inséré une superbe carte postale ancienne dénichée dans la valise d'Amandine. Elle la trouvait belle, mais ne voulait pas qu'elle soit abîmée au milieu des vêtements. Un certain Xavier l'avait signée à la plume. Depuis que Charlotte avait quitté la chambre, elle était bien décidée à ne pas sortir avec elle ce soir. Rien que pour lui prouver qu'elle pouvait lui tenir tête et que ce n'était pas à elle de la juger, ni de lui dire quoi faire. Pourtant, quand en récupérant son ordinateur elle lui avait demandé « Tu es prête ? », elle avait répondu que oui. Elle regrettait. Tout en marchant, elle pensait à son corps, qu'elle rêvait d'étreindre. Elle faisait exprès de traîner pour se faire doubler et regarder ses fesses parfaitement galbées. Elle la rattrapait et laissait sa main effleurer la sienne. Elle avait envie de lui faire l'amour, mais une pulsion d'adolescente, sans aucun contrôle. Elle craignait de succomber.

— Marcher avant le repas ouvre l'appétit, chantonna Charlotte.

Stéphanie essayait de se concentrer sur ses pas, sur l'herbe, sur les passants. Tout était bon pour parvenir à se contrôler. Mais la démarche chaloupée de sa partenaire de promenade ne lui facilitait pas la tâche. Elle l'aurait volontiers allongée dans l'herbe pour lui faire l'amour sauvagement, cachées derrière un bosquet. Elles longeaient le plan d'eau du parc de l'hôtel. Les nénuphars flottaient, témoins muets de leur jeu de séduction. Charlotte se détachait dans l'ombre.

— Ce matin, il m'a semblé apercevoir une connaissance quand nous étions au musée, l'informa Stéphanie.

Charlotte évita de peu un oiseau qui volait trop bas.

— Tu veux dire que tu as vu Amandine ?

— Non. J'ai eu l'impression de voir quelqu'un de connu. Quelqu'un qui nous regardait.

— Ça, c'est l'effet que tu dois faire à tout le monde. Quand on est sexy, on attire les regards, il faut t'y faire, dit-elle en riant.

Stéphanie s'arrêta. Elle la retint par le bras.

— Ce n'est pas la première fois que je me sens épiée, murmura-t-elle. Ça me fait une drôle de sensation, comme si l'on me surveillait.

— Si tu veux mon avis, je pense que tu t'inquiètes pour Amandine. Quelqu'un s'est introduit dans ta chambre, violant ton intimité. Tu n'es pas dans ton univers. Ton subconscient te joue des tours.

— Tu as sans doute raison. C'est peut-être le climat. Je deviens parano, admit Stéphanie.

Elle se força à sourire et avança. Elle ne risquait rien. Elle n'était ni riche ni célèbre. Son sac à main ne contenait que quelques billets, sa carte, ses papiers, le livre touristique agrémenté de son fameux marque page carte postale. Charlotte lui posa une main chaude sur l'épaule, ce qui la détendit. L'air portait les odeurs des arbres, de l'herbe et des fleurs. Elle profitait de la balade et de ce mélange olfactif riche, tellement éloigné de celui des villes.

— Je fais des arts martiaux, l'informa Charlotte. Crois-moi, si quelqu'un t'embête je l'envoie directement au tapis. Colle-toi à moi et tu ne risques absolument rien.

Stéphanie avait envie de la prendre au mot et de se plaquer contre sa peau très claire. Elle craignait de ne pas être à la hauteur, si jamais elles allaient plus loin. Combien de partenaires avaient bien pu avoir cette rousse flamboyante ? Certainement beaucoup plus qu'elle. *Si je ne parviens pas à lui faire atteindre le bien-être absolu ? Pourrais-je prendre les devants pour une fois, et me laisser aller ?* Elle la regarda. Elle lui prit la main et se mit à courir en la traînant.

— Mais qu'est-ce qu'il te prend ? s'étonna Charlotte qui tentait de se libérer.

Stéphanie resserra son étreinte et se dirigea au fond de la propriété, vers un groupe d'arbres plantés serrés.

— Je te montre que moi aussi, je peux céder à mes pulsions, expliqua Stéphanie sans la lâcher.

— Mais, il n'y a même pas de chemin, s'inquiéta Charlotte qui jetait des coups d'œil à droite et à gauche.

— On s'en fout non ? Tu as peur de te faire écraser par un renard en mobylette, ricana Stéphanie en accélérant le pas.

— On va se salir.

Charlotte se tortillait, mais Stéphanie tint bon et ne la lâcha pas.

— Ça nous donnera une bonne raison de faire une lessive, argumenta-t-elle en riant.

— On va se perdre. Mais enfin, que t'arrive-t-il ce soir ?

— Je croyais que tu aimais les découvertes ?

Stéphanie sauta pour éviter un trou.

— Mais pas la nuit, bon sang, on n'y voit plus grand-chose. Tu te sens bien. Tu…

— Madame aurait-elle peur du noir, la coupa Stéphanie, les yeux pétillants de bonheur ?

— Tu commences à m'inquiéter. Tu agis bizarrement.

Charlotte s'arrêta. Elle fixa Stéphanie dans les yeux. Son regard déstabilisant la perturbait.

— Tu ne me connais pas, énonça Stéphanie. On s'est vues deux ou trois fois et tu t'es déjà fait une opinion de moi.

Charlotte se retint de l'embrasser. *Quelle fille merveilleuse !*

— D'accord, accepta-t-elle. Je te suis où tu veux et je me laisse faire. Ça te va comme ça ?

De quoi a-t-elle vraiment peur ? Stéphanie se demandait si la tentative de vol n'avait pas inquiété Charlotte plus que ce qu'elle prétendait. L'herbe haute entre les troncs manqua de les faire chuter. Dans la pénombre, elles ne distinguaient plus les fleurs. Les branches qui craquaient résonnaient dans le silence comme un avertissement nocturne. Un animal les frôla et Stéphanie commença à regretter d'avoir avancé jusque là.

— Si ça se trouve, nous ne sommes même plus sur la propriété, chuchota Charlotte alors qu'elles marchaient de plus en plus lentement en s'enfonçant dans la végétation.

— Je n'en sais rien, avoua Stéphanie.

Elle haletait. Elle n'aimait pas courir et avait voulu aller trop vite.

— Imagine si un chasseur nous entend et croit que nous sommes des animaux sauvages, chuchota Charlotte. Je ne suis pas rassurée.

Stéphanie se rapprocha d'elle et lui prit la main.

— Retournons sur nos pas, proposa-t-elle.

Charlotte soupira et Stéphanie sentit son corps se raidir. Une chouette hulula.

— Je t'ai suivie et je ne sais même pas…

Stéphanie serra encore plus fort son étreinte.

— On a avancé tout droit, la coupa-t-elle.

— Non. J'en suis certaine. Tu me tirais sur la gauche.

La nuit tombait vite. Entre les feuilles sombres, les étoiles brillaient. Elles s'assirent sur l'herbe et Stéphanie se félicita de n'avoir pas mis une robe, mais un pantacourt en jean. Le pantalon en lin de Charlotte émettait des bruits de frôlement. Leurs épaules se touchaient. Elles restaient là, immobiles, à reprendre leur souffle.

— Mais pourquoi je t'ai écoutée et j'ai laissé mon portable, ragea Stéphanie, en regardant ses pieds qui créaient des ombres étranges.

— Je ne savais pas que tu voulais partir à l'aventure, riposta Charlotte en haussant les épaules. Nous devions nous promener autour de l'hôtel et revenir manger.

— Nous ne sommes encore pas si loin de l'hôtel, bougonna Stéphanie.

Elle savait qu'elle était de mauvaise foi, mais ne voulait surtout pas lui avouer.

Charlotte rit nerveusement. Elle cherchait un moyen de sauver leur soirée.

— On a dû tourner en rond au milieu des arbres, dit-elle. Si nous arrêtons de paniquer, nous retrouverons notre chemin.

— Si on tend l'oreille, on entendra sûrement du bruit, acquiesça Stéphanie en respirant profondément.

— Je n'entends que les bruissements des animaux. Allez debout, je ne tiens pas à dormir ici.

Charlotte brossa son pantalon du plat de la main. Elle tendit le bras pour aider Stéphanie qui refusa de le saisir puis partit devant.

— Eh ! Attends-moi. T'es pas sympa, riposta Stéphanie en soufflant.

D'un mouvement du bassin, elle se mit debout puis avança à pas rapides. Main dans la main, elles tentaient de retrouver leur chemin. Il fallait éviter les souches et grosses racines qui se dressaient tels des pièges à travers leur route. Stéphanie sentit sur sa droite, quelque chose lui frôler l'épaule.

— Mince, c'était quoi ça ? demanda-t-elle en tremblant.

Son cœur accélérait, ses mains devenaient moites et la chair de poule débutait.

— Je n'ai rien vu, chuchota Charlotte. (Au même moment, un projectile la toucha à la joue gauche.) Je crois qu'on nous jette des pierres.

Stéphanie rentra la tête dans les épaules.

— Quand mon horoscope m'avait prédit une aventure extraordinaire, je ne pensais pas à ça, chuchota-t-elle.

Elle se mordit la lèvre. Charlotte lui asséna un léger coup de coude dans les côtes.

— Quoi ? Arrête de délirer. Dépêchons-nous de nous mettre à l'abri, murmura-t-elle.

— Tu veux que je trouve un abri où ? Il n'y a que des arbres, des animaux…

— Et quelqu'un qui nous canarde, acheva Charlotte en esquivant une pierre plus grosse. Tu m'as entraînée dans une embuscade ?

— Ce n'est pas moi.

Stéphanie se courba en deux pour avancer et Charlotte l'imita.

— Je n'aime pas les pièges.

— Je suis visée aussi.

Une nouvelle pierre la frôla et atterrit sur le visage de Charlotte.

— Ma joue saigne, l'informa-t-elle, en essuyant le sang d'un revers de main.

— Je te mettrai un pansement. Dépêche-toi, ordonna Stéphanie en la tirant par la main.

— Je sais les mettre toute seule, grogna Charlotte en accélérant sa marche.

Sa joue la brûlait. Stéphanie frissonna. L'air chaud l'enveloppait, mais la peur lui comprimait la poitrine. Dans les séries policières qu'elle affectionnait tant, des meurtres étaient commis à coup de pierre. Si elles mouraient là, personne ne viendrait les chercher entre les arbres. Si les bêtes sauvages dévoraient leurs corps. Il ne resterait plus rien à autopsier.

— C'est la dernière fois que je pars en vacances, jura Stéphanie, en crispant la mâchoire.

— La prochaine fois, nous partirons toutes les deux et tu verras, ce sera merveilleux. Nous nous baladerons main dans la main, au bord de l'eau, en regardant les vagues lécher le sable chaud.

— T'es complètement folle.

Accroupies derrière un gros tronc, elles patientaient en silence dans la nuit. Les jets de pierre avaient cessé. Stéphanie écoutait la respiration calme de Charlotte. Ce son répétitif l'apaisait. Petit à petit, elle reprit ses esprits. Elle remuait ses poignets et ses orteils pour faire circuler le sang. Cette position n'avait rien de confortable. Une chouette poussa un cri. Par réflexe, elle se releva.

— Je crois qu'il est parti, murmura Charlotte.

Elles éclatèrent de rire et Stéphanie sentit son diaphragme se décontracter. Elle savait que c'étaient ses nerfs qui se relâchaient, mais c'était bon.

— J'adore ta façon de rire, avoua-t-elle entre deux halètements. Si l'on continue, je vais avoir mal aux abdos.

Charlotte la prit dans ses bras et la serra fort contre elle. Elle posa sa tête sur son épaule. Une chaleur étonnante se dégageait de leurs deux corps, comme celle d'une cheminée par une froide journée d'hiver. Seules dans la nuit, blotties l'une contre l'autre, elles arrêtèrent le temps. Charlotte sentait bon, une odeur sucrée indéfinissable, qui donnait envie à Stéphanie de mordiller son cou. Elle lui caressa le dos doucement, d'abord en haut, puis en descendant lentement. Elle s'aventura sous sa chemise. Elle se rendit compte que, malgré toutes ses protestations, les contacts physiques lui manquaient. Toucher une femme, l'embrasser, la goûter, lui procurer du plaisir, se sentir désirable, aimée, espérée. Elle devinait tout son corps qui réclamait de l'attention, qui en voulait plus. Elle remonta son autre main sur la nuque de Charlotte, qui approcha ses lèvres des siennes. D'abord timide, le baiser s'intensifia, se faisant plus profond, plus intime. Leurs langues se cherchèrent, puis se caressèrent doucement. Stéphanie mordilla lentement et reprit sa bouche, avec gourmandise.

6

Des vertiges de plaisir envahirent Charlotte tandis que Stéphanie l'embrassait sauvagement. Cette fille la surprendrait toujours, tantôt prude, tantôt perdant tout contrôle, ce qui la rendait tellement attractive. Charlotte appréciait se faire dominer. Elle avait tant rêvé de cette femme, qu'elle se demandait si la pierre lancée tout à l'heure n'avait pas atteint sa cible et si elle ne se trouvait pas au paradis. Tout son corps réagissait et se couvrait de frissons. Les sensations qu'elle éprouvait sous ses caresses et grâce à sa langue dépassaient toutes celles qu'elle avait connues auparavant. Pénétrant sa bouche, titillant ses lèvres, les bisous torrides que Stéphanie lui prodiguait lui envoyaient des décharges électriques.

Charlotte lui passa une main dans les cheveux et attira son visage plus proche du sien, pour encore mieux jouir de ses baisers puissants. Ainsi elle espérait lui faire comprendre la grandeur de ses sentiments. Elles s'agrippaient, s'aventuraient sous leurs hauts, se caressaient, se touchaient frénétiquement, sauvagement.

Stéphanie l'embrassa sur le front, sur les joues, sur les lèvres, dans le cou, un peu partout, puis lécha lentement le lobe de son oreille avant de le mordiller. Charlotte releva le menton, pour mieux se donner, et resserra son étreinte. Dans son bas ventre, une tempête se préparait. Ne pouvant attendre davantage, avec deux doigts, elle dégrafa le soutien-gorge de Stéphanie et libéra sa merveilleuse poitrine gonflée de désir. La pointe de ses seins demandait une langue chaude qu'elle leur offrit. En riposte, Stéphanie la débarrassa rapidement de son haut et de sa brassière. Torse nu, elle se cambra pour se donner à elle et à ses mains brûlantes qui réveillaient chaque centimètre carré de sa peau.

— Encore, murmura Charlotte, qui respirait fortement en penchant sa tête vers l'arrière.

Le cœur battant plus vite, reprenant possession de la bouche de Charlotte, Stéphanie frotta lentement ses seins contre ceux de sa partenaire. Elle prodigua quelques mouvements de bassin pour provoquer leurs bas-ventres. Elle cherchait à faire durer ce moment, prolongeant les préliminaires jusqu'à la limite de l'insoutenable.

— Allonge-toi, lui ordonna-t-elle, d'une voix rauque en la poussant contre le sol.

— Si tu n'as pas envie, chuchota Charlotte, on peut encore…

— Couche-toi par terre, l'interrompit Stéphanie en posant la paume de sa main sur le ventre de la rousse.

Charlotte s'exécuta, et le dos appuyé contre les herbes hautes, attendit de suivre les instructions. Stéphanie se mit à genoux pour lui déboutonner son pantalon et le faire tomber lentement jusqu'à ses chevilles. Après lui avoir enlevé ses chaussures et ses chaussettes, elle lui retira d'un coup sec. Elle lui embrassa les chevilles, les tibias, les genoux, les cuisses, lui écarta légèrement afin de mieux en caresser les côtés. Déposant un baiser coquin sur le fin triangle de dentelle qui dissimulait encore son intimité, elle remonta sur son ventre, et pinça doucement son téton droit.

— Ne bouge pas, ordonna Stéphanie en accentuant ses frôlements experts un peu partout sur les zones érogènes.

Charlotte laissa ses bras allongés le long de son corps, réprimant son envie de rendre les caresses. Elle agrippa les brins d'herbe en ressentant les dents de Stéphanie qui faisaient glisser le dernier morceau de tissu qui cachait ce qu'il restait de son intimité. Sans vêtements, offerte, figée, elle la désirait tellement fort que son humidité la rafraîchissait jusqu'à ses fesses. Elle sentit un des seins de sa partenaire frotter son bas-ventre. C'était doux, chaud et l'imprécision des caresses réveillait des zones qu'elle pensait pourtant bien connaître.

— Continue, haleta-t-elle, en saisissant la chevelure blonde.

— Reste immobile. Ne me touche pas.

Stéphanie était douée. Elle savait où toucher Charlotte et où passer sa langue pour lui déclencher des mouvements de bassin, comme les déferlements d'une vague en pleine tempête. Elle aimait sentir sa peau. C'était si merveilleux, si irréel, qu'elle respirait fort. Si l'ascenseur n'était pas tombé en panne, elle n'aurait peut-être jamais ressenti un tel plaisir. Après un dernier sursaut, Charlotte ne bougea plus. Les yeux fermés, elle savourait ce délicieux moment. Cette fille cachait bien son jeu. Bien décidée à prendre sa revanche lors d'un second round, Charlotte l'attira contre elle et roula pour se retrouver couchée sur son corps. Comme une lionne, elle lui enleva les vêtements qu'il lui restait et commença à la butiner activement. Elle ralentit le rythme de sa langue pour que ce moment dure. Elle insista. Elle avait redouté un instant qu'elle ne se laisse pas faire, mais sa crainte n'était pas fondée. Offerte, les jambes pliées, Stéphanie appréciait l'habileté de la langue experte de la critique culinaire. Elle murmura « Charlotte » et celle-ci augmenta la cadence jusqu'à la faire gémir. Elle remonta et se cala dans ses bras. Elles restèrent blotties longtemps en silence, à la fois gênées et heureuses de ce qu'il venait de se passer.

Les cheveux en bataille, Stéphanie ouvrit les yeux avec difficulté. Prenant conscience qu'elle avait froid aux fesses, elle se rappela qu'elle se trouvait totalement nue. Des courbatures attestaient qu'elle s'était servie d'une multitude de muscles. Au sol, la couette ressemblait à un gros amas informe et des vêtements éparpillés témoignaient de l'intensité de la nuit. Les souvenirs de la soirée ressurgissaient à grande vitesse dans sa mémoire. *Mon Dieu ! J'ai craqué.* Après leur étreinte dans la nature, elles avaient retrouvé leur chemin, mangé rapidement des sandwichs du distributeur et avaient refait l'amour deux nouvelles fois, avant de s'effondrer de fatigue. À côté d'elle, Charlotte dormait toujours. Son corps se soulevait doucement et régulièrement. *Comment fait-elle pour avoir une telle qualité de sommeil ?* Stéphanie devait bien admettre que, même si elle n'était qu'un désir de vacances, leurs ébats valaient le coup. Elle bougea le plus délicatement possible pour se mettre debout et disparaître dans la salle de bain. Sa nudité la dérangeait. Elle prit quelques instants pour apprécier celle de la femme encore endormie qui partageait son lit. Après une douche rapide, elle se sentit déjà mieux. Elle s'essuya avec la grande serviette blanche fournie par l'hôtel, avant d'enrouler sa longue chevelure dorée dedans. Le corps enrobé dans un peignoir douillet, elle se brossait les dents quand elle aperçut sur le miroir, en face son visage, une grosse araignée velue qui avançait vers elle. Elle hurla. Charlotte arriva, prête à la défendre.

— Une araignée, bredouilla Stéphanie.

Ses joues s'empourprèrent quand son regard s'arrêta sur l'intimité de ce merveilleux corps totalement nu.

Charlotte déchira un morceau de papier toilette puis écrasa l'animal, avant de le jeter et de tirer la chasse qui l'emporta loin de leur vue.

— Tu gères les cambrioleurs, mais tu crains les petites bêtes ? lui demanda-t-elle, un brin moqueuse.

— Elle n'était pas si petite. Excuse-moi de t'avoir réveillée, grommela Stéphanie en baissant la tête.

Charlotte regarda tout autour d'elle et ses yeux se fixèrent sur l'échancrure du peignoir.

— Ta salle d'eau est plus grande que la mienne, soupira-t-elle.

Elle saisit Stéphanie par la taille et l'embrassa tendrement.

— Qu'est-ce tu fais ? protesta cette dernière en la repoussant.

— Je dis bonjour à ma chérie, rétorqua Charlotte.

— Il n'y a rien entre nous ! C'est clair ? C'était une erreur. Une grosse erreur, s'énerva Stéphanie en fronçant les sourcils.

Ses mains tremblaient tandis qu'elle brossait ses cheveux. Elle s'obligeait à ne pas regarder Charlotte. Dans le couloir, un couple se disputait bruyamment.

— Tu vois, ajouta Stéphanie plus bas, c'est exactement pour cette raison que je ne veux pas que ça commence. Tout finit toujours par des cris et des larmes.

— Je ne te considère pas comme une erreur. J'avais envie de toi, tu ressentais la même chose, murmura Charlotte en la prenant dans ses bras.

— Ça a été trop rapide. Beaucoup trop rapide, gémit Stéphanie.

Elle fit tomber la brosse sur le sol. Charlotte se baissa pour la ramasser. Elle la déposa délicatement à côté du lavabo et s'écarta dans l'embrasure de la porte.

— Rapide, s'étonna-t-elle ? J'ai pris mon temps pourtant, dit-elle en lui faisant un clin d'œil.

— Ce n'est pas de ça que je parle. (Elle rougit.) J'ai cédé aux envies de mon corps au lieu d'écouter la raison.

— C'était une évidence, observa Charlotte en saisissant une serviette pour se couvrir.

— Une évidence ? s'étonna Stéphanie.

— Depuis le premier jour, dans l'ascenseur. Toi et moi. Une évidence.

— Tu dis vraiment n'importe quoi, s'emporta Stéphanie, les mains sur les hanches. Je ne cherche pas les amours d'un soir. Je veux l'amour vrai, celui qui dure. Je serai bientôt partie. Je ne te verrai plus. Donc tu es une erreur.

— Décidément, je ne te comprendrai jamais, se renfrogna Charlotte en lui tournant le dos. OK. On oublie. Il ne s'est rien passé.

Elle quitta la pièce. Stéphanie se reprochait le déroulement de la soirée. Elle ne valait pas mieux qu'Amandine. Céder à une quasi-inconnue, en vacances. Pourtant, elle avait ressenti un niveau de plaisir jamais atteint. Tenté des choses jamais osées. Elle avait goûté à la liberté et au désir suprême. La peau douce et sucrée de cette fille attirait ses mains. Charlotte possédait des attributs célestes. *Quelle nuit merveilleuse !* Elle s'était laissée aller. Elle avait savouré chaque moment, appréciant leur intimité, leurs caresses, leur abandon total. Maintenant, elle avait peur. Peur de ce sentiment nouveau qui l'avait assaillie. Elle avait cru se protéger, pourtant l'amour était apparu sans crier gare. Elle voulait s'éviter de souffrir. Elle endurait déjà ce manque. Ce manque d'elle quand elle ne se trouvait pas présente. *Il est trop tard. Personne n'est arrivé à me supporter très longtemps. Toutes mes ex m'ont abandonnée. Je le serai encore cette fois-ci. De toute façon, Charlotte ne va plus me parler, maintenant qu'on a couché ensemble. Je n'étais qu'un pari ou un défi.* Des larmes inondèrent ses yeux. Elle s'habilla rapidement et sortit de la chambre pour aller lire dans le parc de l'hôtel.

Charlotte avalait lentement son petit déjeuner. Elle trouvait que tout avait mauvais goût aujourd'hui. Furieuse contre Stéphanie, elle ne comprenait pas sa réaction. Elles avaient passé une nuit merveilleuse, pleine de complicité, de tendresse et de passion. Elle mordit dans son croissant tout chaud. Rien ne la retenait ici. Elle pouvait prendre sa voiture et partir. Elle allait passer à l'action. Elle remuait sa jambe, regardait les gens marcher sans les voir. La magie de Brocéliande ne lui avait pas réussi. Elle devait changer de coin au plus vite. Si elle se dépêchait un peu, elle pourrait tester un établissement dans une autre région lors de son prochain repas. Elle avait besoin de sucre. Elle retourna chercher deux croissants supplémentaires et de la confiture. *Pourquoi ne veut-elle pas de moi ? Ses complexes l'empêchent-ils de se mettre en couple ? Tout est allé si vite entre nous. Elle a dû prendre peur. J'aurais dû attendre. À force de laisser passer les occasions, elles auraient pu ne jamais se reproduire. Comment convaincre cette fille obstinée que je ne désire rien de plus au monde que de rester de nombreuses années à ses côtés, que la quitter me briserait, et que je n'en ai absolument pas l'intention ? Si je fuis maintenant, je perdrai toute chance de gagner son amour. Je ne vais pas abandonner sans me battre. Puisque ce soir-là dans l'ascenseur, tu as volé mon cœur, je ferai tout pour toi.* Il fallait qu'elle la retrouve. Elle se leva, parée à en découdre, esquissa quelques pas, puis se ravisant, alla chercher un croissant qu'elle déposa sur une serviette en papier blanche. Un présent pour Stéphanie. *Avec un peu de chance, ce cadeau brisera la glace.*

Une demi-heure plus tard, elle l'aperçut enfin, assise au pied d'un arbre, un livre dans les mains. Charlotte sentit le rythme de son cœur qui accélérait. Elle sauta par-dessus une modeste murette pour arriver plus vite auprès d'elle.

— J'ai pensé que tu aurais un petit creux, expliqua-t-elle en se laissant tomber à ses côtés.

— Je croyais que tu avais compris que je ne voulais plus te revoir, protesta Stéphanie sans relever la tête.

— Rien ne t'empêche de fermer les yeux.

Stéphanie sourit, posa son livre sur l'herbe et prit le croissant. Son ventre lui rappela qu'elle n'avait pas déjeuné. Elle mordit dedans.

— Je sais, déclara Charlotte, que tu aurais aimé que notre première nuit d'amour se passe autrement que par terre dans la forêt, mais…

— On n'aurait pas dû aller si loin, l'interrompit Stéphanie en ramassant les miettes qui étaient tombées dans son décolleté.

— Moi, j'ai trouvé ça très bien, protesta Charlotte, les yeux rivés sur sa poitrine généreuse.

— Ce n'est pas la question, bougonna Stéphanie, en finissant son croissant.

— Au contraire, riposta Charlotte en se penchant à quelques centimètres de sa bouche. J'aimerais tellement que tu me donnes une chance. Tu n'as rien à me reprocher jusqu'à présent, si ?

— Tu sais très bien pourquoi je ne veux pas, affirma Stéphanie en haussant les épaules.

Le soleil éclatant projetait des rayons dans ses yeux clairs. L'odeur vanillée de son parfum aiguisait les sens de Charlotte.

— Non. Je t'assure que non. Tu es tellement imprévisible et contradictoire. J'ai vraiment du mal à te suivre par moments, avoua-t-elle.

Stéphanie observait les péripéties d'un moineau qui tanguait sur l'herbe. Son estomac se plaignait bruyamment. Un second croissant n'aurait pas été de refus.

— Je ne veux pas d'un amour de vacances, murmura-t-elle, sans quitter le volatile des yeux.

— Premièrement, si toi tu es en vacances, moi je travaille. Deuxièmement, nous aurions pu nous rencontrer n'importe où.

— Un ascenseur n'est vraiment pas l'endroit idéal.

Charlotte soupira. Elle replaça ses cheveux vers l'arrière. Elle lui accorda quelques minutes de répit.

— Le croissant était à ton goût ?

Stéphanie hocha la tête. Charlotte prit le guide posé vers Stéphanie et le feuilleta. Tombant sur la carte postale, elle l'observa. Elle avait l'air véritablement très ancienne. Elle comprit sa rareté immédiatement. Elle qui s'intéressait à l'art, avait déjà eu l'occasion d'approcher des collections privées de très près. Ce trésor historique devait valoir son pesant d'or. *Qui pouvait bien être ce Xavier qui paraphait ainsi à la plume ?* Seul son recto était imprimé et représentait un bateau à vapeur voguant sur un fleuve. À droite de la rive, trois femmes et trois hommes en costumes du XIXe, observaient le paysage. Un des individus, attablé devant un verre de vin, près d'une bouteille attendait, rêveur, son chapeau vissé sur la tête. Tout à gauche de la carte postale, un quart de la largeur demeurait blanc, afin de permettre la correspondance. L'encre était bien passée. *Xavier Marmier. Une légende franc-comtoise. Comment se fait-il que Stéphanie se retrouve avec un tel document ?*

— Mais enfin, s'offusqua Charlotte, pourquoi as-tu transporté une carte d'une telle valeur avec toi jusqu'ici ? Tu es folle ? C'est une pièce de musée. Un trésor régional et tu t'en sers comme marque-page ! Tu ne te rends pas compte ? Tu es inconsciente.

L'oiseau prit son envol, effrayé.

7

— Quoi inconsciente ? Mais de quoi tu parles ? s'étonna Stéphanie. Ce vieux bout de carton ?

Elle ne comprenait plus rien. Les yeux écarquillés elle regardait tantôt Charlotte tantôt son marque-page. *Elle m'énerve. Qu'est-ce qu'elle a encore ? Elle me colle, me déclare sa flamme et maintenant elle rouspète. Je m'en fous de cette carte.*

— Comme si tu ignorais sa valeur, ricana Charlotte qui devenait toute rouge. Mais enfin, regarde, observe. C'est impossible que tu ne t'en rendes pas compte.

— Je l'ai trouvée dans le sac d'Amandine, se défendit Stéphanie. Je ne voulais pas qu'elle soit froissée. Ce n'est qu'une carte. Arrête de te mettre dans tous tes états pour rien.

Les yeux de Charlotte grand ouverts avaient l'air d'avoir vu un fantôme. Ses mains et sa mâchoire tremblaient.

— Tu écoutes ce que je dis des fois, se récria-t-elle ?

— Je t'écoute, je t'assure, mais tu n'es jamais très claire. Franchement, je ne comprends jamais ce que tu veux.

— Sur ce point, nous sommes d'accord ! Je ne te comprends jamais non plus. Tu aurais dû faire plus attention ! Tu as en ta possession une carte de collection qui date de 1876.

— 1876… la vache !

Stéphanie blêmit. Ses yeux allaient de la carte à Charlotte. Les bras ballants, elle ne bougeait plus.

— Ce trésor a une valeur inestimable. Elles étaient tellement peu nombreuses, que rien que pour cette raison, il faut en prendre soin. Et Xavier Marmier ! Une sommité de notre région. Tu vois de qui il s'agit, j'espère !

— J'en ai déjà entendu parler oui. Enfin… je suis déjà passée devant des écoles qui portaient son nom.

Les yeux de Charlotte pétillaient et regardaient dans le vague. Un couple de promeneurs passa à côté d'elles sans leur prêter attention.

— Elle… elle était dans la valise d'Amandine, brcdouilla Stéphanie. (Elle ferma les yeux.) Je n'aurais jamais pensé que…

Un téléphone, dont la sonnerie jouait les premières notes de la cinquième symphonie de Beethoven, attira leur attention.

— Ton amie, collectionne-t-elle les cartes ? demanda Charlotte dont la voix plus douce rassura Stéphanie.

— Pas que je sache.

— Elle a dû la payer une fortune. C'était peut-être pour offrir ?

— Elle n'est pas si riche que ça et puis à ma connaissance, personne autour d'elle ne collectionne ces vieux trucs.

— Œuvre d'art, la corrigea Charlotte en soupirant.

Elle regardait avec envie ce trésor qu'elle tenait entre ses mains.

— Vieille œuvre d'art, se reprit Stéphanie en souriant.

— Il faut toujours que tu aies le dernier mot.

— J'ai toujours raison. C'est la règle.

— Tu dictes tes règles, mais tu ne les suis jamais.

— Tu me cherches ?

— J'ai envie de t'embrasser là maintenant.

— T'es folle tu…

Charlotte posa ses lèvres sur celles de Stéphanie et lui donna un lent et profond baiser. Elle en oublia la carte de Xavier. Depuis que cette fille avait fait irruption dans sa vie telle une tornade, plus rien d'autre ne comptait vraiment. Sa langue jouait avec la sienne tout en douceur. Les yeux fermés, elle savourait ce moment comme un dessert rare et délicat. Stéphanie interrompit leur étreinte.

— Je me demande pourquoi Amandine avait ça dans sa valise, demanda-t-elle en regardant la carte dans la main de Charlotte.

— Tu ne peux pas lui téléphoner pour le lui demander ? suggéra cette dernière en soupirant.

— Elle ne répond jamais. Tu crois que si je pouvais lui parler, je ne lui dirais pas de ramener ses fesses fissa ? J'en ai marre qu'elle me laisse en plan, tu sais.

Stéphanie se leva et s'étira. Son dos émit un craquement plaintif. Les rayons du soleil léchaient sa peau tandis qu'elle regardait avec bonheur le ciel bleu où aucun nuage ne flottait.

— Je me demande si l'on ne devrait pas la mettre à l'abri quelque part, s'inquiéta Charlotte. On ne peut pas garder un tel objet sur nous. C'est inconscient.

— Tu penses à quoi ? Une cachette secrète, se renseigna Stéphanie en baissant la tête pour poser ses yeux sur Charlotte.

— Je pensais plus à un coffre-fort, suggéra la rousse en se mettant sur ses jambes d'un mouvement de bassin.

Face à elle, Stéphanie grimaça. Elle mordit sa lèvre et attendit quelques secondes, mais Charlotte ne bougeait pas. Elle reprit en chuchotant :

— Je n'ai pas confiance dans l'hôtel. Tu as vu comment ils ont réagi après mon cambriolage ? Si ça se trouve, ils sont complices.

— Il ne faut jamais accuser quelqu'un sans preuve, mais je dois admettre que tu as raison. Soyons prudentes. Je n'arrive pas à comprendre ce qu'il se passe ici. Je devrais peut-être la garder.

Charlotte la suppliait des yeux. Stéphanie se sentait presque jalouse de ce morceau d'histoire. Se retrouver au centre de l'attention lui avait plu. Ce Xavier, qu'elle ne connaissait pas, lui volait la vedette.

— Fais comme tu le sens. Je m'en fous, bougonna-t-elle en haussant les épaules.

La carte encore à la main, Charlotte la regarda. Elle lui sourit puis partit sans se retourner. Elle regagna rapidement sa chambre afin de cacher ce fabuleux trésor.

Charlotte avait mangé seule. Stéphanie n'avait pas refait surface. Elle l'avait cherchée autour de l'hôtel, avait frappé plusieurs fois à sa porte de chambre, en vain. Tout l'après-midi, elle s'était concentrée sur son travail, pour éviter de trop ruminer. Pourtant, en regardant la nuit tomber et la lune se refléter dans le plan d'eau du parc, Charlotte pensait à elle. Les clapotis réguliers lui rappelaient les battements de son cœur. Elle avait apporté une boîte de cookies au chocolat et l'ouvrit. Elle était bien décidée à en manger jusqu'à ce qu'elle se sente mieux. Elle croqua avec plaisir dans un premier biscuit et sentit les miettes rouler sur sa langue. Les pépites qui fondaient lentement se collaient à ses dents. Un léger vent caressait sa peau et laissait chanter les feuilles des arbres. Elle regarda un instant les étoiles tacheter le ciel. La soirée aurait pu être parfaite, si Stéphanie avait été auprès d'elle. Poussant un profond soupir, qui fit fuir un canard, elle reprit un deuxième gâteau. Elle ne pouvait s'empêcher de s'inquiéter pour cette fille aussi têtue que belle. Elle aimerait tellement voir briller ses yeux une nouvelle fois.

Charlotte se souvenait de ce que son oncle, féru d'histoire, lui avait raconté. Xavier Marmier, l'auteur de la carte postale, avait eu une vie riche de rencontres et d'aventures. Ce Franc-Comtois, né en 1808 à Pontarlier, avait connu des têtes couronnées et voyagé dans le monde entier. Dans les salons mondains, on s'arrachait cet homme cultivé. Malheureusement pour lui, la femme qu'il avait passionnément aimée était morte une année après leur mariage, avec leur enfant. Charlotte, touchée par cet homme à la santé fragile, avait lu plusieurs de ses textes.

Quelqu'un éternua. Elle sursauta, mais ne vit personne. Stéphanie n'était toujours pas réapparue. *Quelle imprudente à cette heure-ci ! Elle ne connaît personne. À force de jouer les femmes fortes, il va lui arriver des bricoles. Si elle est toute seule au milieu de la nuit et que quelqu'un l'accoste...* Charlotte frissonna. Elle n'oubliait pas que la veille, un être mal intentionné leur avait jeté des pierres. Elle en avait gardé des stigmates. Elle se frotta la joue et soupira. Elle s'en voulait d'avoir été dissipée par la carte postale. Elle était partie à sa recherche dans un seul but, lui parler, lui expliquer pourquoi depuis qu'elle l'avait rencontrée, elle n'envisageait pas de vivre sans elle. Que quand elle était auprès d'elle, elle se sentait plus forte, prête à tout, que le soleil brillait plus fort, que tout semblait plus beau. *Comment lui faire comprendre tout ça ?* Cette fille fuyait au moindre élan de romantisme. Elle allait même jusqu'à nier leur histoire. Malgré tout, elle lui avait confié la carte de Xavier Marmier. Certes, elle ne lui appartenait pas réellement, mais cela prouvait qu'elle ne se méfiait pas d'elle. Elle n'aurait pas agi ainsi si elle la détestait vraiment ou si elle envisageait de ne plus jamais la revoir. Elle devait apprendre à se montrer patiente. Elle mâchait la dernière bouchée de son cookie, quand elle aperçut la silhouette de celle qui hantait ses rêves. La boîte de gâteaux à la main, elle courut jusqu'à elle, un large sourire aux lèvres. *Enfin.*

— Je commençais à m'inquiéter, s'excusa-t-elle.

Elle prenait mille précautions pour éviter que la belle ne se braque. Elle retint son souffle.

— Je fais ce que je veux, protesta Stéphanie en soupirant. Je ne vais pas commencer à me justifier. Tu as pu passer la journée avec ta chère carte. Tu devrais en être heureuse.

Charlotte haussa les épaules. Elle lui tendit les cookies. Depuis qu'elles se connaissaient, la nourriture calmait les tensions.

— Un petit creux, demanda-t-elle ?

Stéphanie lui jeta un regard méfiant que la lune fit briller. Elle s'approcha de Charlotte qui n'osait plus bouger, de peur de la faire fuir une nouvelle fois. Elle saisit le paquet, le tripota quelques secondes en le retournant dans tous les sens. Charlotte se demandait si elle craignait d'être empoisonnée. Stéphanie se servit et tout en mastiquant, la défiait des yeux. N'y tenant plus, après de longues minutes de silence, Charlotte reprit :

— Tu m'en veux toujours pour ce qu'il s'est passé entre nous ?

— C'est de ma faute et j'assume, répliqua Stéphanie la bouche pleine.

Charlotte avança de quelques pas, soulagée qu'elle ne l'accuse pas de l'avoir forcée. Elle regardait les étoiles qui, dans cette nuit d'été, tapissaient le ciel enfin dégagé. Elle remuait ses doigts. L'élue de son cœur se tenait à quelques centimètres et pourtant… Elle mourait d'envie de la tenir serrée contre elle, de l'embrasser tendrement. Elle pensait sans cesse à leur magnifique nuit d'amour et à son corps si parfaitement imparfait. Dans ce parc paradisiaque, ni la nature luxuriante ni les animaux qui la peuplaient n'atteignaient la beauté de ses yeux.

— Les torts sont partagés, répondit-elle d'une voix douce, mais je ne comprends vraiment pas pourquoi tu cherches à nier ce qu'il s'est passé. C'était merveilleux, incroyable, doux et sauvage à la fois. J'ai aimé faire l'amour avec toi.

— On n'a pas fait l'amour, riposta Stéphanie en reculant de deux pas.

— Je ne sais pas comment tu appelles ça, mais c'est ainsi que je nomme ce que nous avons fait.

Stéphanie lui posa une main sur l'épaule et Charlotte sentit tout son corps se couvrir de frissons.

— C'est tellement compliqué, expliqua Stéphanie en regardant le sol. Je ne veux plus jamais parler de ça. On doit oublier. Tu es quelqu'un de bien, mais on n'est pas faites pour être ensemble. Tiens, je te rends tes gâteaux.

Elle avança sur le chemin éclairé par des lampadaires solaires et Charlotte lui emboîta le pas, admirant chacune des courbes qui s'offraient à son regard, ses épaules, son dos, ses hanches, et ses fesses.

— Tu comptes me suivre encore longtemps comme ça ? demanda Stéphanie en s'arrêtant brusquement.

— Je vais me coucher. Il faut bien que je retourne dans ma chambre… sauf si tu veux que je vienne dans la tienne, susurra Charlotte.

Stéphanie la fusilla du regard, mais les étincelles de colère s'éteignirent quand elle aperçut l'immense sourire sur le visage de cette belle rouquine.

Elles empruntèrent toutes les deux l'escalier. Charlotte lui adressa un signe dc la main et s'éclipsa. Stéphanie inséra le pass dans la serrure, poussa la porte et alluma. Choquée, elle recula rapidement et courut tambouriner à la porte de Charlotte. Cette dernière ouvrit. Son sourire s'effaça quand elle vit la mine déconfite de Stéphanie qui lui articula d'une voix blanche :

— Viens.

Sans demander d'explication, Charlotte s'empressa de la suivre. Debout dans la chambre de Stéphanie, elle ne put que constater les dégâts. Toutes les affaires, les pantalons, les t-shirts, les sous-vêtements avaient été éparpillés. La valise et le sac avaient été vidés. Le lit avait été défait. Les draps et couvertures avaient été jetés au sol. Le matelas était posé de travers à moitié sur la descente de lit, à moitié sur le sommier.

— Je suppose que tu n'as pas été prise d'une frénésie de ménage à cette heure-ci, commenta Charlotte en reculant contre la porte.

— Ils ont recommencé, répliqua Stéphanie dont les larmes montaient aux yeux.

— La première fois, nous les avions interrompus. Ils voulaient sans doute des bijoux, de l'argent, expliqua Charlotte en la prenant dans ses bras.

— J'en doute. Tout ce qui a de la valeur, je le prends toujours avec moi.

Stéphanie posa sa tête dans le cou de Charlotte. Elle ferma les yeux.

— Ils ne le savaient pas, poursuivait cette dernière. Et comme l'hôtel n'a pas de coffre-fort, les clients laissent leurs affaires dans leur chambre. En cette saison, les vêtements légers sont de rigueur.

— Oui, mais pourquoi s'en prendre deux fois à moi ? Je ne porte aucun signe ostentatoire de richesse.

Charlotte la serra fort contre son corps. Stéphanie tremblait et elle ignorait comment la réconforter. Sa propre colère crispait sa mâchoire et augmentait son rythme cardiaque à tel point qu'elle avait l'impression que les tambours du Bronx donnaient un concert dans sa poitrine.

— Tu devrais porter plainte, chuchota-t-elle, en humant l'odeur délicatement fruitée de la chevelure blonde.

— Pas avant de savoir s'il me manque quelque chose, riposta Stéphanie. Souviens-toi de la dernière fois.

— Quand même. Ce n'est pas prudent. Et si…

— Aide-moi à ranger, la coupa Stéphanie en s'écartant et en commençant à plier les vêtements.

Prête à tout pour lui faire plaisir, Charlotte remit le matelas en place, l'aida à refaire le lit, à finir de plier tous les vêtements et de tout enfermer dans les placards. Une fois le rangement terminé, elles s'assirent côte à côte sur le petit lit, témoin muet de leurs ébats de la veille.

— Alors satisfaite ? demanda Charlotte.

— Je n'y comprends rien, avoua Stéphanie. Il ne manque rien. Rien du tout.

Charlotte tourna la tête et la fixa dans les yeux. Elle lui prit la main.

— Tu en es vraiment sûre, s'étonna-t-elle ?

— Je te jure. Toutes mes affaires sont là.

— Tu te souviens de ce que je t'ai dit aujourd'hui ?

— Tu dis tellement de choses…

— La carte de Xavier Marmier, la coupa Charlotte en levant les sourcils. Elle a beaucoup de valeur. Et si les voleurs étaient à sa recherche ?

— Tu imagines, si j'avais été là, on aurait pu me…, s'étrangla Stéphanie dans un sanglot.

Charlotte la prit dans ses bras et lui caressa doucement le dos. Cette pensée l'avait déjà effleurée et la terrorisait. Elle ne supporterait pas de voir quelqu'un lui faire du mal, ou pire.

— Viens dormir dans ma chambre, murmura-t-elle.

Stéphanie se demanda un instant si elle avait bien entendu ou si elle avait rêvé ces mots à peine chuchotés. Elle releva la tête, mais Charlotte n'avait toujours pas bougé et laissait ses mains calmer les contractures de son dos.

— Quelle idée ! s'offusqua-t-elle.

— Tu ne vas quand même pas dormir sur un matelas sale et des draps qui ont traîné par terre ?

— Ça ne m'enchante pas effectivement, maugréa Stéphanie en grimaçant de dégoût.

— Viens dormir dans ma chambre. Je serai plus rassurée et tu seras au propre.

Convaincue, Stéphanie prit quelques affaires, sa trousse de toilette et accompagna Charlotte jusqu'à sa porte.

— Je te laisse prendre la salle de bain en premier, annonça Charlotte en refermant derrière elles.

Stéphanie se dépêcha de se déshabiller et d'enfiler un long t-shirt et un short pour la nuit. Elle était gênée de se présenter ainsi devant cette femme. Pourtant elle lui en avait déjà dévoilé beaucoup plus. Elle s'allongea du côté droit du lit, tout en s'efforçant de prendre le moins de place possible. Sur le dos, elle hésitait entre mettre ses bras sous sa tête ou le long de son corps, quand Charlotte fit son apparition en courte nuisette noire. Stéphanie se passa machinalement la langue sur les lèvres. Les fines jambes attiraient son regard comme une flamme, le papillon. Elle avait tellement envie de regarder les parties dissimulées, de toucher son corps si parfait, de sentir sa peau douce contre la sienne. *Amandine avait raison. Pourquoi ne pas profiter de la vie ?* Elle voulait lui faire l'amour. Maintenant. Charlotte avançait lentement avec sa démarche chaloupée. Le fin tissu balançait dangereusement, prêt à en dévoiler davantage. Le mètre qui la séparait encore du lit, distance beaucoup trop longue au goût de Stéphanie, aggravait son supplice. Afin de mieux profiter du spectacle, elle s'appuya sur ses coudes pour se relever légèrement. La belle rousse contourna le lit et vint se coucher à sa gauche. Stéphanie pivota sur le côté, commença à la caresser avec sa main droite. Elle toucha d'abord son ventre, à travers la fine étoffe, puis posa délicatement sa main sur son sein, jouant avec le bout. Elle se pencha davantage afin de l'embrasser tendrement, puis plus intensément. Ses doigts aimaient ce corps, si différent du sien. Elle huma cette odeur de propre, mélange de crème hydratante et de gel douche. Sa langue goûtait à sa bouche. Descendant la main, elle caressa ses cuisses et remonta sur ses hanches. Cette nuit encore, elle la voulait entièrement. Charlotte ne bougeait pas, mais elle entendait son souffle devenir plus intense.

Elle accentua ses caresses, son pouce lui effleurant l'aine. Elle lécha son cou, le lobe de son oreille, et posa sa main sur son triangle intime tout doux.

— Non, l'interrompit Charlotte en se retournant de l'autre côté.

— Mais, enfin. Pourquoi ?

— Je ne ferai plus rien avec toi avant que tu sois prête. Je n'ai pas envie de satisfaire tes pulsions et d'être une nouvelle fois jetée juste après. Il ne se passera rien ce soir.

— Tu es cruelle, marmonna Stéphanie.

Si Charlotte l'avait entendue, elle n'en laissa rien paraître et, lui tournant le dos, elle s'endormit rapidement. Stéphanie sentait la frustration la gagner, son corps s'était transformé de désir. Les fesses de Charlotte appuyaient contre son entrejambe malgré la largeur du lit. Elle ne parvenait pas à dormir. Elle se sentait apaisée et protégée. Pourtant, cette nuit virait à la torture : *percevoir les courbes de cette femme magnifique et humer son parfum, mais ne pas avoir le droit de...* Pour ne pas la réveiller, elle ne voulait pas se retourner ni bouger. Son sang bouillait. Son désir enflait. Elle n'osait pas se caresser de peur d'être prise en faute. Elle s'endormit.

Quand elle se réveilla, elle trouva le lit vide. Un message sur l'oreiller de Charlotte l'informait qu'elle l'attendait en bas pour le petit déjeuner.

Elle l'aperçut attablée devant un véritable festin : café jus d'orange, viennoiseries, gâteaux. L'appétit de cette fille l'étonnait toujours. Après un petit signe de la main, elle se munit d'un plateau qu'elle commença à remplir. Elle se contenta d'un café, de pain et de beurre. Elle la rejoignit.

— Si tu ne prends que ça, tu ne tiendras pas la journée, la prévint Charlotte.

— Je n'ai pas ton appétit. Je ne déjeune pas tous les matins, l'informa Stéphanie en tirant la chaise pour s'asseoir.

— Tu devrais. C'est le repas le plus important de la journée.

— Il paraît.

— J'ai passé une nuit superbe. Tu as bien dormi ?

— Oui, mentit Stéphanie.

Elle ouvrit le beurre, coupa son pain en deux et le tartina. Elle s'était juré de bouder et de ne pas lui adresser la parole. Pourtant elle n'y était pas arrivée. Elle évitait de regarder celle qui lui faisait face et qui l'avait troublée toute la nuit. Elle but quelques gorgées de café. Elle jetait des coups d'œil furtifs à droite et à gauche. Elle n'était pas sereine. *Si les cambrioleurs s'en prenaient physiquement à nous, comme lors de notre balade nocturne en forêt ? Cette fois, ils pourraient atteindre leur cible. Mais pourquoi diable quelqu'un nous voulait-il du mal ?* Elle sursauta quand Charlotte lui demanda d'une voix enjouée :

— Alors, puisque tu es reposée, que veux-tu que nous visitions aujourd'hui ?

Stéphanie en lâcha son morceau de pain qui s'écrasa mollement dans le fond de sa tasse. Il fit gicler le café sur la table. Charlotte prit sa serviette en papier pour éponger, puis recommença à manger.

— Tu crois réellement que je pense à aller me balader, avec ce qu'il s'est passé hier soir ? s'étonna Stéphanie en repêchant le pain avec sa petite cuillère.

— Tu es en vacances. Tu dois profiter un peu de la vie.

— Profiter de la vie ? Franchement, des vacances comme ça, je m'en serais bien passée !

Charlotte baissa la tête et engloutit un croissant en trois énormes bouchées. Elle avala un demi-verre de jus d'orange cul sec pour faire descendre le tout. Stéphanie se demandait une nouvelle fois comment cette fille aussi mince pouvait ingurgiter de telles quantités de nourriture. Elle n'était pas humaine. Elle se mordit la lèvre en voyant les miettes qui se noyaient dans son café. Elle sentit sa poche de jeans vibrer. Elle soupira puis en sortit son téléphone, sans se presser. Amandine. Elle hésita une fraction de seconde avant de répondre. Juste avant que le répondeur ne se mette en route, elle décrocha.

— Dis donc ma vieille, se fâcha-t-elle, en plus de me poser des lapins à répétition, tu n'as même pas été foutue de mettre dans ta valise ce que je t'avais demandé. Dès que je te vois, je t'étrangle. Je n'ai pas mes feuilles. Tu sais pourtant que j'en avais besoin.

— Tu dis n'imp ! se défendit Amandine. Elles y étaient tes feuilles. Je les avais mises dans une pochette rouge renforcée pour pas qu'elles soient pliées. Je m'en souviens bien. Je l'ai calée avec la BD que je voulais lire. J'ai même fait attention d'empaqueter tous mes produits de beauté dans des sacs étanches au cas où, pour pas qu'elles ne soient souillées. Bonjour au fait !

— Je n'ai pas vu de sacs. Ni de papiers. Ni même de BD. Ouais, bonjour.

— Impossible je te dis. Tu as mal regardé.

— Je sais quand même ce que j'ai vu non ? s'énerva Stéphanie en serrant le poing. Ah, à ce propos, tu es complètement folle de trimbaler jusqu'ici la carte de Xavier Marmier. Charlotte m'a dit que…

— Xavier qui ? la coupa Amandine. Tu perds la raison ou quoi ? Je n'ai pas écrit de carte depuis des lustres. Et c'est qui cette Charlotte ? Tu ne t'ennuies pas à ce que je vois.

Stéphanie regarda l'intéressée, dont les yeux brillaient d'excitation. Elle avait interrompu son petit déjeuner gargantuesque et ne perdait pas une miette de la conversation.

— Amandine. Je crois que ce n'est pas ta valise que j'ai avec moi. Sois très prudente, tu m'entends ? Quelqu'un a une nouvelle fois fouillé notre chambre hier. Il se pourrait qu'on coure toutes les deux un grand danger. Reste bien avec ta dulcinée et surtout ne prends pas de risque. On se rappelle !

Stéphanie raccrocha et déclara doucement :

— La carte de Xavier n'appartient pas à Amandine.

Charlotte fit craquer ses doigts. Elle termina son jus de fruits.

— Alors, nous avons un problème, déclara-t-elle d'une voix sombre.

8

— J'ai bien peur que tu aies raison, déclara Stéphanie en baissant la tête.

Elle ramassa quelques miettes avec sa serviette et les déposa dans sa tasse vide, dont les giclures de café avaient décoré les bords. Elle percevait les bruits de mastication de Charlotte.

— Mais comment peux-tu encore manger dans des moments pareils ? poursuivit-elle.

— Je n'avais pas fini mon petit déjeuner. Ça me détend et ça m'aide à me concentrer. Tu devrais reprendre quelque chose. Un petit croissant tout chaud ?

Elle lui tendit celui qui patientait sur la table et engouffra le dernier bout du sien. Stéphanie regardait la viennoiserie du coin de l'œil. Elle sentait la salivation qui se mettait en route et sa langue qui s'humectait. *J'aimerais bien, mais ce n'est pas raisonnable,* songea-t-elle. Elle contempla un couple qui entrait et tenta de deviner leur âge. Leurs cheveux décolorés par le soleil éblouissaient par leur blondeur, mais les rides profondes de leur peau trahissaient les années écoulées. Elle soupira et fixa Charlotte.

— Sois sérieuse cinq minutes, la réprimanda-t-elle. On est dans la merde jusqu'au cou.

Charlotte agita le croissant. Stéphanie lui fit non de la tête, alors elle croqua dedans.

— Non. Tu es dans la merde, pas moi, la corrigea-t-elle la bouche pleine.

Stéphanie la défait du regard et pinçait ses lèvres.

— Je te rappelle que c'est toi qui as la carte, lui répliqua-t-elle en la pointant du doigt.

— Comme si je pouvais l'oublier, soupira Charlotte en haussant les épaules. Faisons le point d'accord ? Petit un : la carte a une grande valeur. Petit deux : ceux à qui elle appartient veulent la récupérer. Petit trois : ils sont prêts à tout, ont déjà cambriolé deux fois ta chambre et nous ont lancé des pierres pour nous faire peur. Petit quatre : s'ils ne se présentent pas directement, c'est certainement qu'elle a été volée.

Charlotte avait ponctué chaque point en agitant le nombre de doigts correspondants et à présent, les quatre doigts de sa main droite étaient tendus devant le visage de Stéphanie.

— Arrête de brandir tes doigts comme ça ! Je sais très bien compter et moi, contrairement à toi, je n'ai même pas besoin de mes doigts pour le faire, bougonna Stéphanie en se levant. Elle étira ses jambes et ses bras. Des courbatures douloureuses lui tiraillaient le dos. Elle ferma les yeux. Charlotte attendit qu'elle les ouvre.

— Je suis capable de faire plein de choses avec mes doigts, lui déclara-t-elle, plantée debout en face d'elle, un sourire taquin aux lèvres.

Les joues de Stéphanie devinrent aussi rouges que la braise d'un barbecue.

— Arrête de m'emb…, bafouilla-t-elle en baissant les yeux.

Charlotte fit un pas en avant et lui déposa un baiser délicat sur la bouche. Elle lui saisit la tête avec les mains pour l'empêcher de se dérober. Elle appuya davantage la pression de ses lèvres et inséra doucement sa langue contre celle de sa partenaire. Elles pratiquèrent ainsi une joute tendre, orchestrée de main de maître. Charlotte s'arrêta et relâcha son étreinte.

— Ma langue sait se montrer utile, elle aussi, parfois, chuchota-t-elle.

Toujours blottie contre elle, respirant son agréable parfum, Stéphanie refusait de céder.

— Hier, tu avais l'air beaucoup plus intéressée par cette vieille carte que par moi, lui reprocha-t-elle d'un ton sec.

Charlotte recula d'un pas et croisa ses bras en la défiant des yeux. Elle aimait particulièrement leurs combats verbaux.

— En plus tu es jalouse ? J'adore, rétorqua-t-elle en ponctuant sa phrase d'un clin d'œil ravageur.

Comme Charlotte s'y attendait, Stéphanie ne parvint pas à se contenir plus de deux secondes.

— Je ne suis pas jalouse d'un bout de papier, s'indigna la blonde en faisant la moue. Il faudrait être folle pour ça.

Charlotte profitait de l'avantage.

— Folle de moi peut-être ? lui demanda-t-elle en rapprochant sa bouche de la sienne.

— Ne rêve pas, se récria Stéphanie en reculant de deux pas. On fait quoi maintenant ?

Charlotte baissa les yeux et regarda les miettes qui jonchaient le sol sous certaines tables. Elle n'avait pas envie de se fourrer dans les problèmes, mais grâce à son cœur d'artichaut, elle s'était entichée d'une femme plongée dans les ennuis jusqu'au cou. Elle pouvait encore fuir, l'abandonner ici et poursuivre sa vie comme si de rien n'était. Elle devrait écouter sa raison. Empaqueter ses affaires et partir ne lui prendrait pas plus de trente minutes. Elle releva la tête. La couleur magnifique des deux yeux bleus qui la scrutaient acheva de la convaincre.

— Il faut aller voir la police maintenant, déclara-t-elle. Nous avons beaucoup trop attendu.

Stéphanie fronça les sourcils et pinça ses lèvres, inquiète.

— Pas envie, lui répondit-elle en soupirant.

Elle avança et appuya son corps contre celui de la rousse qui lui faisait la leçon. Elle essaya de l'embrasser, mais Charlotte esquiva.

— Je m'en fous que tu n'en aies pas envie, répliqua-t-elle sèchement. Il s'agit d'une œuvre d'art volée. Tu risques gros. Tu ne t'en rends pas compte ?

Stéphanie désirait oublier cette affaire, partir, fuir.

— On pourrait faire comme si l'on n'avait rien trouvé ? proposa-t-elle en baissant les yeux. On remet la carte en place, on va faire l'amour dans ta chambre et après on ira manger un bout quelque part.

Exaspérée, Charlotte souffla. Elle ouvrit la bouche et la referma sans émettre le moindre son. Elle devait jouer serré pour convaincre la femme la plus têtue, qu'elle avait pu rencontrer au cours de sa vie.

— Viens avec moi, lui ordonna-t-elle.

Dans la chambre de Charlotte, Stéphanie attendait assise sur le lit, que la fameuse carte de Xavier Marmier sorte de sa cachette. La rouquine remuait dans son dos. Des crissements de plastique ponctuaient ses soupirs. Dans l'air perduraient encore les odeurs de leurs parfums mélangés, rappelant à Stéphanie sa frustration de la veille.

— Tu emballes tes affaires ou quoi ? s'attrista-t-elle.

Les bruits cessèrent.

— Désolée pour cette nuit, répliqua Charlotte de sa voix grave. J'ai été stupide. Tu sais à quel point je te désire tout le temps. Je n'aurais pas dû te tourner le dos et refuser tes caresses. Seulement, tu dois te mettre à ma place. Tu reviens toujours sur tes décisions et moi je ne suis pas une girouette. Quand je m'engage, c'est sur le long terme.

Stéphanie lui sourit et replaça ses délicats cheveux blonds en ordre.

— Tu as bien fait, répondit-elle. Quelque chose nous empêche d'être sereines ici. Entre les jets de pierres, les cambriolages, les échanges de bagages, comment veux-tu qu'on y arrive ?

— Justement. Je me dis que la vie est courte. Si nous nous étions fait tuer dans la forêt ? J'ai encore une marque sur le visage qui en témoigne. Si tu n'étais pas sortie hier parce que tu étais en colère après moi, tu aurais pu mourir. Pourquoi attendre ? J'ai constamment envie de te toucher, de sentir ta peau au bout de mes doigts, d'avoir tes lèvres contre ma bouche. La nuit, je rêve de toi et le jour, je désespère quand je ne suis pas dans tes bras.

Stéphanie baissa la tête et sans rien répondre se leva. Elle avança jusqu'à la porte de la chambre. Charlotte lui emboîta le pas, la carte ancienne bien calée dans son sac à main.

Au commissariat, après avoir fourni une explication succincte à l'accueil, elles attendirent plusieurs minutes dans un couloir. Stéphanie constata que les locaux, très calmes, n'avaient rien à voir avec ceux qu'on nous montrait dans les séries télé. Elle en fit la remarque à Charlotte.

Le lieutenant Neuville, un grand échassier, le dos courbé et le cheveu rare, les fit entrer dans une petite pièce aux murs blancs. Ici encore, pas de vastes baies vitrées, mais une modeste fenêtre carrée qui laissait à peine filtrer la lumière sous une épaisse couche de saleté. Les chaises grincèrent quand les filles s'installèrent de l'autre côté d'un énorme bureau. Neuville avait pris place devant l'ordinateur. La photographie d'un berger allemand trônait dans son cadre à côté de l'écran. Ses doigts couraient déjà le long du clavier, suffisamment rapidement pour que le rythme des touches se transforme en une musique entêtante. Stéphanie regardait leur carte qui était désormais protégée dans une pochette transparente étiquetée. Elle se demandait comment un petit bout de carton représentant six personnes et un bateau pouvait leur occasionner autant de tracas. Elle se disait qu'au contraire, les forces de l'ordre devraient les féliciter de cette trouvaille historique. Le lieutenant s'arrêta et les fixa l'une après l'autre. Il se racla la gorge.

— Je dois vous garder ici, déclara-t-il d'une voix forte.

— Pourquoi ? Nous n'avons rien fait, s'indigna Stéphanie, qui se mordait la lèvre afin de conserver son calme.

Elle résistait à l'envie de l'insulter. Elle tourna la tête en direction de Charlotte qui n'avait pas bougé et qui gardait le silence.

— Cette carte est une carte volée, lui expliqua Neuville.

— On l'avait deviné, se défendit Charlotte, mais nous n'y sommes pour rien.

— Bien entendu, ricana Neuville, un rictus sur les lèvres, c'est ce que vous dites. Mais puisque vous l'avez trouvée, une enquête va être ouverte.

— Nous allons retourner à l'hôtel et attendre que vous ayez besoin de nous, proposa Stéphanie en affichant son plus beau sourire.

— Ce n'est pas si simple, objecta-t-il. Je dois vous garder dans les locaux.

— Alors, nous allons prendre un avocat, menaça Charlotte, puisque selon vous nous sommes déjà coupables.

Elle posa une main affectueuse sur la cuisse de Stéphanie et la lui caressa doucement. Ce contact agréable remonta leur moral. À *deux on est plus fortes,* songea celle-ci.

— Je ne peux pas aller en prison, se plaignit-elle en le toisant du regard. Je suis claustrophobe.

Neuville lui sourit.

— Pour l'instant, vous restez ici en tant que simples témoins, les informa-t-il. Vous désirez un café, un thé, une bouteille d'eau ?

Le lieutenant sortit chercher deux cafés et Charlotte attira Stéphanie contre elle pour l'embrasser tendrement. Puis elles demeurèrent blotties l'une contre l'autre en silence. Elles réfléchissaient et se demandaient si elles n'avaient pas commis une erreur en venant. Charlotte se sermonnait de ne pas avoir écouté Stéphanie. Cette dernière s'en voulait de n'avoir pas su convaincre son amie.

— Tu acceptes de nous laisser une chance ? interrogea Charlotte, en lui effleurant le dos du bout des doigts.

— Je crois que oui, murmura Stéphanie en rougissant. Après toute cette histoire, nous sommes liées à tout jamais. Ma vie d'avant me paraît bien fade.

— Tu es si extraordinaire, s'enthousiasma Charlotte, les yeux brillants d'admiration. Tu es tellement belle, intelligente, surprenante…

— Ça va, n'exagère pas non plus, la coupa Stéphanie. Je t'ai dit oui. Arrête tes niaiseries sinon je vais finir par changer d'avis.

Stéphanie se pencha et l'embrassa à nouveau, très doucement. Elle frémit quand elle sentit les doigts de Charlotte lui caresser les cheveux, la nuque et puis le dos. Elle se demanda, l'espace d'un instant, si tout ce qu'il se passait dans cette pièce était filmé. Si tel était le cas, certains devaient bien se rincer l'œil. *Qu'ils aillent au diable*, pensa-t-elle en glissant sa main entre les cuisses de Charlotte.

Neuville fit irruption, tout essoufflé. Il portait un plateau qu'il déposa en face des filles et reprit sa place derrière son imposant bureau. Il les laissa boire quelques gorgées.

— Votre amie Amandine ne répond jamais au téléphone ? demanda-t-il en fronçant les sourcils. Vous êtes certaines qu'il s'agit bien de son numéro ? Je ne suis pas le seul à trouver très étrange que vous décidiez de partir en vacances toutes les deux et qu'au final, vous ne sachiez même pas où elle se trouve, ni avec qui.

Stéphanie se mordit la lèvre si fort qu'une goutte de sang perla. Elle sentait les larmes monter, mais ne voulait pas dévoiler ses faiblesses. Elle n'avait rien à se reprocher. Elle respira lentement. La présence de Charlotte à ses côtés lui donna du courage.

— Vous n'êtes pas vraiment obligé de lui parler, argua-t-elle en étirant ses doigts. Elle s'est trompée de valise. Elle n'a même pas vu ce qu'il y avait à l'intérieur…

— C'est ce que vous déclarez, la coupa Neuville en la fixant droit dans les yeux. Nous avons du mal à vous croire. Des amies, ça se dit tout, n'est-ce pas ? Surtout les meilleures amies.

— Elle est un brin étourdie, expliqua Stéphanie. Elle était tellement excitée à l'idée de ces vacances…

— Tellement excitée qu'elle vous a abandonnée à la première occasion, l'interrompit-il. Vous n'étiez pas des centaines dans ce bus. Vous avez forcément vu quelque chose.

Il se leva et fit les cent pas devant la fenêtre.

— Lieutenant. Croyez-vous vraiment que si nous étions coupables nous serrions ici ? se défendit Charlotte dont la respiration saccadée trahissait la colère. Une valise ressemble à une valise. Au départ et à l'arrivée, elles traînent toutes dans l'allée. Un échange est vite fait, vous savez.

— Vous semblez vous y connaître, mademoiselle ! l'invectiva Neuville en se rapprochant si près, qu'elle pouvait sentir son haleine fétide. Votre rôle est plutôt flou, admettez-le. Après tout, c'est vous qui avez pris cette carte. Vous connaissez sa valeur. Et si c'était vous la voleuse ?

— Moi ? s'indigna-t-elle.

Tu ferais mieux de te laver les dents au lieu de dire n'importe quoi, pensa-t-elle.

— J'ai rencontré Stéphanie, reprit-elle plus doucement. Nous avons… enfin quelque chose s'est passé entre nous. Elle était seule ici, sans son amie. Alors j'ai décidé de l'aider à passer des vacances agréables, histoire qu'elle en garde un bon souvenir.

— Donc, vous l'aimez, c'est ça, dit Neuville en éclatant de rire. Ah, les filles ! Il faut toujours qu'elles fassent leurs intéressantes.

Charlotte se redressa d'un bond, le poing serré. Son visage avait viré au rouge, sa bouche se déformait en un rictus haineux. Stéphanie ferma les yeux, priant pour qu'une bagarre n'éclate pas.

— Ouais OK, je l'aime et alors, hurla-t-elle ? Nous avons trouvé la carte, nous avons pris du temps pour venir vous voir. Je vous ai expliqué en long en large et en travers, pourquoi elle avait de la valeur. Et je suis certaine que vous ne connaissiez même pas l'existence de Xavier Marmier avant que je vous en parle.

— Asseyez-vous mademoiselle, lui ordonna Neuville, en pointant la chaise de son index. J'essaie encore de comprendre votre implication dans ce trafic.

Charlotte obtempéra, mais les paroles de la chanson de Georges Brassens « *Quand on est con, on est con* » trottèrent en boucle dans sa tête. *Quel idiot ce type*, pensa-t-elle. *Comment réussir à convaincre quelqu'un qui ne prend même pas la peine de se servir de son cerveau pour réfléchir ?* Elle imaginait déjà ce qu'elle allait manger lorsque cet imbécile les lâcherait. Elle sentit le regard de Stéphanie posé sur elle. Elle tourna la tête.

— Quoi ? lui demanda-t-elle énervée.

— Tu as dit… que tu m'aimais, bredouilla Stéphanie en rougissant.

— Oui. Je t'aime oui. Mais ce n'est peut-être pas le moment ? soupira Charlotte.

Elle ne tenait plus en place et voulait sortir de cette pièce. Elle se mit debout. Elle appuya ses mains à plat sur le bureau.

— Écoutez monsieur, l'invectiva-t-elle. Ça fait des heures que nous répondons aux mêmes questions et nos explications ne vont pas changer. J'ai faim. Je suppose que mon amie aussi. J'ai envie de retourner à l'hôtel, de me dégourdir les jambes puis de me reposer. Rester ici à rabâcher, ne servira à rien. Vous avez nos noms, nos numéros, nos adresses. Vous savez où nous dénicher, alors que voulez-vous de plus ?

Neuville la regarda. Il se gratta le menton et réfléchit quelques secondes. Il soupira.

— Vous avez un sacré caractère, mademoiselle, reconnut-il en souriant. Vous êtes capable de vous montrer convaincante. Je vais vous laisser partir. Cependant, ne quittez pas l'hôtel. Je dois pouvoir vous joindre à n'importe quelle heure, à n'importe quel moment, c'est compris ?

Dehors, Stéphanie trouva le ciel encore plus bleu, le soleil encore plus chaud et Charlotte encore plus belle, malgré le fait qu'elle fulminait.

— Il s'est bien foutu de nous, cet abruti ! Il s'amusait je suis sûre, accusa Charlotte.

Stéphanie se planta droit devant elle. Elle sourit. Elle plaça ses mains autour du cou de Charlotte et l'embrassa vigoureusement. Elle la serra le plus fort qu'elle le pouvait sans lui faire mal. Ce n'était pas le moment de lui casser un os. Elle posa sa tête sur son épaule délicate.

— Allons manger, souffla-t-elle.

Leurs estomacs grognaient bruyamment. En passant devant le fast food, elles s'arrêtèrent pour acheter des frites et des hamburgers. Après le stress encouru, céder à la malbouffe était humain. Elles mangeaient en silence dans la voiture. Elles n'osaient pas se regarder. Une fois le repas terminé, Charlotte remit le contact. Arrivées à destination, elle se gara sur le parking de l'hôtel. Stéphanie prétexta une grande fatigue pour monter s'enfermer dans sa chambre.

Seule dans la sienne, Charlotte enchaînait les va-et-vient entre la table de nuit et la porte d'entrée. Elle ne parvenait pas à retrouver son calme. Elle soupirait trop fort, crispait ses poings. Elle repassait dans sa tête le déroulement de cette étrange journée : la joie du petit déjeuner, la surprise de l'appel d'Amandine, l'aveu de ses sentiments. Elle ressentait de la colère à l'égard du lieutenant Neuville. Cet imbécile ne comprenait décidément rien. Elle se sentait vulnérable. Elle n'aurait pas dû se dévoiler. Elle avait mal. La peur lui comprimait la poitrine. Stéphanie n'avait pas répondu à son « je t'aime ». La vie savait se montrer terriblement cruelle.

Au même moment, allongée sur son lit, Stéphanie fixait le plafond. Elle ne parvenait pas à retenir les larmes qui tombaient de ses yeux, mouillant son oreiller. Elle était pétrifiée. Charlotte lui avait fait une magnifique déclaration, des mots très forts qui blessent quand ils ne sont pas sincères. Une fois l'excitation des vacances passées et cette histoire tirée au clair, Charlotte se rendra compte qu'elle s'était trompée. Elle voudra une femme plus intelligente, plus sophistiquée, plus belle. *Pourquoi perd-elle son temps avec une fille comme moi ? Que risquons-nous avec cette carte ? Je ne supporterai jamais d'être emprisonnée. Je tolère à peine de patienter dans les salles d'attente. Dormir derrière les barreaux, quelle horreur !*

Elle se leva, passa une main dans ses cheveux pour se recoiffer. Elle but quelques gorgées au goulot de sa bouteille d'eau. Elle fouilla dans son sac, et trouvant enfin ses pastilles à la menthe, en déposa une sur sa langue. Elle empoigna ses affaires, ouvrit sa porte et parcourut à toute vitesse les quelques mètres qui la séparaient de la chambre de Charlotte, qui l'invita à entrer rapidement après qu'elle eut frappé.

— Tu as pleuré ? s'inquiéta-t-elle.

Sans répondre, Stéphanie referma, s'avança et se jeta à son cou. Elle la poussa sur le lit et l'allongea sur le dos. Elle se blottit contre elle. Elle pouvait sentir ses tétons qui durcissaient à travers les couches de tissu. Sur le côté, elle savourait les caresses que Charlotte lui prodiguait.

— J'ai peur que le lieutenant Neuville ne vienne m'arrêter, gémit Stéphanie.

— Tu sais, s'ils avaient vraiment quelque chose contre nous, ce serait déjà fait. À mon avis, ce n'était que du bluff, la réconforta Charlotte en souriant.

— J'aimerais que tu aies raison.

— J'ai toujours raison.

Charlotte pivota et l'embrassa à pleine bouche, sans stopper les mouvements de sa main. Stéphanie humait son odeur, sentait sa force, mourait d'envie de goûter sa peau, mais elle attendait. Elle avait encore besoin d'être rassurée.

— Je ne veux pas que tu m'abandonnes, murmura-t-elle. Je ne veux pas être seule. Reste avec moi, s'il te plaît.

Elle repensa à la prédiction d'Amandine : *une aventure extraordinaire, dans laquelle pourrait naître une belle histoire d'amour.*

— Je vais contacter mon oncle pour lui demander s'il sait quelque chose à propos de cette carte et du vol, annonça Charlotte en s'asseyant sur le lit.

— Ton oncle ? s'étonna Stéphanie en se redressant sur son coude.

— Il a un poste important dans le domaine de l'art, l'informa Charlotte. S'il le peut, il nous aidera.

Elle saisit son téléphone portable sur la table de nuit. Stéphanie n'arrivait pas à distinguer ce qu'elle faisait. Elle admirait la courbure parfaite de son dos, ses somptueuses épaules délicates, et la majesté de sa crinière de feu qui retombait en cascade sur son t-shirt. Charlotte n'avait pas activé le haut-parleur, mais Stéphanie percevait la sonnerie qui retentissait. Du bout des doigts, elle lui caressait le bas des reins.

— Salut, Pierre, c'est Charlotte… Non je suis pas loin de Rennes… Oui la région est très belle…

Belle, mais très dangereuse, pensa Stéphanie, en s'installant sur le dos, les mains derrière la tête.

— Dis-moi, sais-tu s'il y a eu des vols de cartes postales anciennes ces temps-ci ?

Stéphanie ferma les yeux. Elle espérait que cette conversation ne durerait pas des heurcs. Elle appréciait la voix grave de Charlotte, mais elle aimait encore mieux quand c'était à elle qu'elle s'adressait. Dans un sens, elle devait être heureuse, elle aurait pu être en ligne avec une ex ou une éventuelle prétendante, mais ce n'était que son oncle.

— Je suis avec une fille, l'informait-elle. Nous avons trouvé une carte ancienne écrite de la main de Xavier Marmier. Nous l'avons apportée à la police. Tu penses qu'ils nous feront des ennuis ?… Elle est très belle… Je me rends compte de notre chance… Merci, tu nous sauves… À très bientôt.

Charlotte se tourna en direction de Stéphanie en souriant. Elle lui adressa un signe du pouce encourageant. Elle était pressée de raccrocher et d'étreindre cette femme incroyablement sublime qui l'attendait, allongée sur son lit.

— Écoute Pierre, on se tient au courant, poursuivit-elle. Tu connais mon numéro. Je ne t'embête pas plus.

Charlotte posa le smartphone. Elle se coucha aux côtés de Stéphanie, hésitant à s'approcher trop près d'elle. Elle l'observa, scrutant son visage à la recherche du moindre signe d'encouragement. Une fois encore, ses yeux magnifiques, aussi étincelants et bleus qu'une source d'eau claire brillant au soleil, la troublèrent.

— Tu comptes attendre longtemps avant de me prendre dans tes bras ? lui demanda Stéphanie en souriant.

Recevant le silence pour seule réponse, elle pivota sur le côté, s'appuya sur un coude et posa sa main chaude sous le t-shirt de Charlotte, contre sa peau douce comme un pétale de rose.

9

Le sourire qu'affichait Charlotte la réchauffait comme un rayon de soleil à travers une fenêtre ouverte. Ses yeux étincelaient, l'invitant à poursuivre. Alors, Stéphanie se pencha au-dessus d'elle et lui déposa un petit baiser sur les lèvres. Elle appuya doucement, comme si elles étaient aussi fragiles qu'un carreau de verre. Elle laissa sa main s'aventurer le long de ses côtes. Elle s'approcha des seins de la belle rousse, dont les tétons dardaient fort à travers le tissu. Elle aimait tellement le contact avec cet épiderme si sensible, que la moindre caresse la couvrait de frissons. Son parfum aux effluves fruités la rendait dingue. Elle avait envie de la savourer, comme on se délecte d'une crème anglaise. Avec ses doigts, avec ses paumes, elle parcourait chaque centimètre de sa peau, de la même manière qu'on arpente un paysage dont on souhaite pouvoir se remémorer à jamais chaque vallon, chaque creux et chaque chemin. Elle glissa son pouce sous l'élastique du soutien-gorge, entre les deux seins, qu'elle s'amusait à effleurer tour à tour.

— Tu n'auras pas toujours le dessus, tu sais, murmura Charlotte.

Pour confirmer ses dires, elle poussa doucement Stéphanie sur le dos et s'allongea sur elle. Elle lui donna un profond baiser. Elle lui mordilla la lèvre avant de l'embrasser dans le cou. Elle suça sa peau de plus en plus fort. Elle voulait y laisser sa marque, se prouver qu'elle ne rêvait pas et que cet instant avait compté. Elle savoura ce moment puis releva lentement la tête vers elle. Les cheveux blonds emmêlés reposaient en cascade sur le couvre-lit. Décoiffée, sa beauté particulière lui sautait encore plus aux yeux. Elle avait envie de l'embrasser une nouvelle fois.

— Tu as un de ces caractères, soupira Stéphanie.

— Tu as vraiment besoin de parler, là, maintenant ? la gronda Charlotte, en stoppant ses mouvements.

— Non. Mais on aurait peut-être dû le faire avant.

— Trop tard, répondit Charlotte, en posant ses lèvres sur celle de sa partenaire pour la faire taire.

Dès qu'elle put reprendre son souffle, Stéphanie lui demanda :

— Tu fais ça avec toutes les filles ?

— Toutes sans exccption !

— Et je parie qu'il y en a un paquet.

— Des tonnes. D'ailleurs, il y en a même une sous le lit, la railla Charlotte, avant de l'embrasser de nouveau.

Malgré elle, Stéphanie se crispa et ne put s'empêcher de se remémorer ces mots. *C'est ridicule. Elle se moque de toi. J'aimerais bien vérifier quand même. Histoire de m'assurer que ce n'est qu'une blague. Si je prétends chercher autre chose ? Ma boucle d'oreille ? Je suis vraiment tordue. Charlotte voit-elle plusieurs filles en même temps ? Si je n'étais qu'un passe-temps ? Elle a tellement de charme.* Elle se mordit la lèvre maudissant sa jalousie. *Tu es mal barrée, ma vieille, je crois que tes sentiments sont plus forts que ce que tu pensais.*

— Tu te moques de moi, se plaignit Stéphanie.

— C'est tellement facile avec toi, la railla Charlotte. Tu me tends souvent la perche.

Stéphanie se redressa légèrement pour l'embrasser. Elle glissa ses mains dans le dos de la belle rousse pour lui dégrafer son soutien-gorge. À califourchon sur elle, Charlotte retira son t-shirt, et, à demi nue, laissa Stéphanie la regarder sans bouger. Elle aimait le désir qu'elle lisait dans ses yeux et savait que leur étreinte ne s'achèverait pas là. Elle s'étendit et s'agrippa à sa partenaire pour la faire rouler sur le côté et pouvoir à son tour libérer ses seins gonflés. Elle l'aida à retirer son haut et elles s'allongèrent côte à côte, poitrine contre poitrine. Elles se caressèrent mutuellement le dos en douceur, comme pour s'apprivoiser et ralentir le combat. Leurs bouches se trouvèrent et leurs langues s'emmêlèrent, jouèrent. Stéphanie lécha le lobe de l'oreille de Charlotte qui baissa sa main sur ses gros seins et s'amusa avec leurs bouts aussi tendus qu'un muscle en plein effort. Stéphanie, d'un regard, lui fit comprendre qu'elle avait envie d'elle. Charlotte caressa doucement le corps de cette femme voluptueuse. Elle s'arrêta un peu afin de lui lécher les tétons puis son ventre. L'empêchant de poursuivre, Stéphanie l'incita à la rejoindre. Elle plaqua Charlotte sur le dos et déboutonna le bouton de son jean. Elle en fit glisser la fermeture éclair et descendit jusqu'à ses chevilles pour lui enlever son pantalon. Elle se hissa doucement en léchant son mollet, et remontant le long de ses cuisses. Elle lui attrapa le string avec les dents et le fit coulisser jusqu'au pied du lit. Du bout de la langue, elle lui lécha l'aine, puis embrassa lentement son intimité. Elle se releva pour poser ses lèvres sur celles de Charlotte, qui roula pour prendre le dessus et lui retirer à son tour ce qu'il lui restait de vêtements. Complètement nues, face-à-face sur le côté, elles laissèrent leurs mains s'aventurer entre leurs cuisses. Elles entamèrent de longues caresses simultanées en synchronisant leurs mouvements.

Leurs corps s'emmêlaient et leurs odeurs se mélangeaient. Leurs cœurs cognaient au même rythme. Les bruits de clapotis et de succions perturbaient le silence dans la chambre. Elles ne songeaient plus à rien. Elles sentaient le plaisir monter par vague et l'empêchaient d'arriver trop vite. Elles ne firent plus qu'une et un flot de jouissance les emporta au même moment. Elles retinrent leurs cris et se blottirent dans les bras l'une de l'autre.

— Nous sommes quand même douées, clama Charlotte essoufflée.

— Quelle prétentieuse tu fais, rétorqua Stéphanie en riant.

En réponse, Charlotte effleura les tétons de sa compagne et les lui pinça délicatement, les faisant immédiatement réagir. Elle laissa ses mains courir le long de son dos, et s'agrippa à ses hanches. Malgré ses ongles courts, des traces rouges lézardaient la peau claire de Stéphanie. Elle lui mordit le cou en douceur.

— Ce n'est que la pure vérité, se défendit Charlotte. Tu veux toujours qu'on arrête là ? Tu oserais dire que nous deux c'est une erreur ?

— Non, admit Stéphanie en lui souriant et se tournant sur le côté face à elle. Non.

— Ouf, souffla Charlotte. J'en ai marre de tes râteaux à répétition.

Elle s'allongea sur le lit, détendue.

Nues toutes les deux, elles parvenaient enfin à s'observer sans se sentir gênées. Elles n'étaient pas très sûres de ce qu'elles faisaient, mais avaient conscience que lutter contre leurs pulsions était vain. Parfois, il faut savoir profiter de ce que la vie nous offre. Cupidon avait décoché ses flèches dans l'ascenseur.

— Tu repars bientôt ? demanda Charlotte en fermant les yeux.

— Il ne me reste plus que deux jours ici. Samedi je dois prendre mon car. Je bosse lundi.

— Enfin, si Neuville t'autorise à t'éloigner, répliqua Charlotte en soupirant.

— Je ne tiens pas à perdre mon boulot, se récria Stéphanie en se redressant sur son coude.

— On devrait faire quelque chose de spécial, murmura Charlotte, en lui passant une main dans les cheveux.

— Je suis d'accord avec toi, mais je te rappelle que nous sommes coincées ici, frissonna Stéphanie.

— Tes bras sont la plus merveilleuse des prisons. Je t'assure que je n'ai pas envie de fuir, surtout devant ton corps dénudé.

Stéphanie poussa un énorme soupir. Elle se sentait à la fois heureuse et triste. Elle venait, pour la première fois, de songer avec regret à la fin de ses vacances. Bientôt, elle repartirait vers sa vie d'avant, fade, sans saveur, sans surprise.

— Tu crois qu'ils vont en faire quoi de la carte ? demanda-t-elle.

— Ils vont enquêter et pour finir, ils la redonneront à son propriétaire, expliqua Charlotte.

— S'ils le retrouvent. Je ne connaissais même pas Xavier Marmier avant tout ça, admit Stéphanie en rougissant.

— Je l'avais remarqué rien qu'à ta tête, quand je t'en ai parlé.

— Tu as l'art de faire des compliments, bougonna Stéphanie en grimaçant.

— Désolée. Je suis simplement sincère, répliqua Charlotte en s'asseyant sur le lit. Je mangerais bien un truc. Tu m'as donné faim.

L'estomac de Stéphanie réagit bruyamment, mais elle n'avait pas envie de se lever. Elle se sentait tellement bien sur ce lit, dans les bras de Charlotte, au chaud contre sa peau.

— Tu ne veux pas commencer par le dessert ? demanda-t-elle, en lui lançant un regard aguicheur.

Sans attendre la réponse, elle tira Charlotte en arrière pour l'allonger et se mit à plat ventre sur son corps. Elle reprit sa bouche et amorça des caresses lentes sur l'entrejambe de sa partenaire, dont la respiration, déjà plus rapide, trahissait le plaisir.

— Tu n'en as donc jamais assez, haleta Charlotte d'une voix rauque.

— J'adore l'éclat de tes yeux quand je te fais l'amour.

— Alors, continue.

Stéphanie amplifia ses mouvements, appuya davantage ses caresses, cala ses gestes sur ceux de sa partenaire dont elle mordillait les tétons tendrement. Charlotte eut un soubresaut au moment où quelqu'un frappait à la porte.

— On ne bouge pas, proposa Stéphanie, qui n'avait pas encore retiré sa main.

Les coups insistaient.

— J'arrive, cria Charlotte. Qui est-ce ?

— La dame de l'accueil. Il faut… vous devez ouvrir, bégaya-t-elle.

Stéphanie tentait tant bien que mal de rassembler ses vêtements éparpillés un peu partout dans la chambre. Elle regardait du coin de l'œil Charlotte, déjà à moitié vêtue.

— Attends avant d'ouvrir, la supplia-t-elle.

— Ne t'inquiète pas, la rassura Charlotte en s'étirant. Ils peuvent bien attendre encore quelques minutes. Tiens, ton soutien-gorge.

— Merci. C'est nul…

Elles se mirent à rire nerveusement. La réceptionniste s'impatientait. Elle tambourinait contre la porte.

— Pas le temps de se recoiffer, déclara Charlotte en haussant les épaules.

Encore pieds nus, elle ouvrit la porte. L'employée baissait la tête gênée. Elle paraissait minuscule, le dos voûté, entre deux hommes. Le lieutenant Neuville portait la valise d'Amandine. Un second, un petit blondinet aux yeux clairs, les dents si blanches, qu'il aurait pu faire de la publicité pour un dentifrice, regardait l'écran de son téléphone. La préposée s'enfuit et les deux officiers de l'ordre entrèrent.

— Lieutenant Brodat, OCBC, se présenta le blond.

Il leur tendit sa carte de police et leur laissa le temps de la déchiffrer. Charlotte la lui rendit et demeura debout face à lui, Stéphanie à ses côtés, les bras croisés sur la poitrine. Elles ne voulaient pas s'asseoir et se retrouver en position de faiblesse.

— OCBC ? demanda Stéphanie.

— Office central de lutte contre le trafic de biens culturels.

Stéphanie émit un sifflement et regarda Charlotte.

— Rien que ça ! répondit-elle.

Neuville restait en retrait, la valise posée à côté de lui. Son visage trahissait le fait qu'il avait remarqué le lit défait et le désordre qui régnait dans la chambre. Les bras le long du corps, il laissait Brodat s'expliquer.

— Je suis désolé de vous déranger, mesdemoiselles, s'excusa Brodat d'une voix douce et calme, mais j'aurais aimé discuter avec vous, de la carte postale que vous avez trouvée.

— Nous avons déjà tout raconté ce matin à votre collègue, se défendit Charlotte, et croyez-moi, ça nous a pris de longues heures.

Elle soupira. Stéphanie pinçait ses lèvres, en priant pour que ne recommence pas un interminable interrogatoire.

— Le lieutenant ne connaissait pas le dossier, poursuivit Brodat. Il n'était pas au courant de l'enquête. Il fallait s'assurer de votre sérieux, avant que mes supérieurs décident de m'envoyer voir d'un peu plus près de quoi il retourne.

Stéphanie jeta un regard à Charlotte, qui haussa les épaules. Brodat avança vers la fenêtre et leur tourna le dos pour mieux apprécier la vue sur le parc.

— C'est sympa ici, lança-t-il. Je ne connaissais pas le coin. Je ne suis pas de la région. Vous non plus, n'est-ce pas ?

— À quoi bon nous poser des questions dont vous savez déjà la réponse ? répliqua Charlotte qui fit craquer ses doigts.

Le lieutenant pivota et lui adressa un grand sourire.

— Je vois, assura-t-il. Nous sommes au courant que vous n'avez pas volé la carte. Alors, détendez-vous.

Stéphanie poussa un profond soupir et s'assit sur le rebord du lit. Charlotte s'approcha de Brodat jusqu'à lui faire face.

— Bien. C'est donc terminé maintenant, demanda-t-elle ?

— Vous devinez bien que non, rétorqua-t-il toujours en souriant.

Charlotte pencha sa nuque à droite et à gauche pour décontracter son cou. Ses vertèbres cervicales émirent des craquements plaintifs.

— On s'en doutait un peu, répliqua-t-elle sèchement.

Brodat s'adossa à la fenêtre.

— Il y a un gang de voleurs qui dérobe les cartes anciennes, expliqua-t-il. Ils procèdent toujours de la même façon. Ils achètent un bagage basique très courant. Ils y rangent diverses affaires ainsi que la carte, pour que le poids n'alerte personne. Ils échangent la valise avec celle d'un voyageur, qui ignore ce qu'il transporte. S'il y a une fouille ou si le sésame est découvert, le gang ne risque rien. Un membre attend à l'arrivée pour récupérer le bagage et le tour est joué.

Charlotte émit un sifflement.

— Tout n'a pas très bien fonctionné avec Amandine, ironisa-t-elle.

— Ce n'est pas la première fois qu'ils échouent, mais cette fois-ci nous avons une réelle chance de les attraper, informa Brodat en avançant vers Stéphanie, ce qui obligea Charlotte à faire demi-tour.

— Vous n'avez toujours pas revu votre amie ? lui demanda-t-il d'une voix douce, en s'accroupissant devant elle.

Stéphanie répondit non de la tête. Elle en voulait à Amandine de la laisser seule au milieu de ce pétrin. Si elle avait tenu à elle, elle serait revenue après le premier incident. Elle avait préféré cette inconnue et obéir à ses pulsions. Brodat continua son interrogatoire :

— Savez-vous si elle a été victime d'un vol tout comme vous, ou si quelqu'un a tenté de l'approcher ?

— Je ne pense pas, répondit Stéphanie en cherchant du soutien dans les yeux de Charlotte. Elle m'en aurait parlé sinon.

— Bien…

Brodat fronça les sourcils et se redressa. Il avança jusqu'à la porte. Il marchait de long en large en se tenant le menton. Au bout d'un moment, qui leur sembla durer dix minutes, il s'arrêta.

— Si on émettait l'hypothèse que les voleurs ne savent pas que vous êtes venues nous voir ? proposa-t-il.

Il fixa tour à tour Stéphanie et Charlotte. Elles ne réagirent pas.

— Nous pourrions peut-être garder tout cela entre nous ? continua-t-il.

Les filles se regardèrent. Était-il réellement en train de leur demander de mentir afin qu'il puisse conserver la carte pour lui ? Brodat sourit.

— Ne vous inquiétez pas, reprit-il. Il n'y a rien d'illégal dans ce que je vous suggère. Simplement, si nos voleurs pensent que vous avez encore cette carte, ils vont tenter de vous la reprendre. Ils sont à cran. Les enchères secrètes ne vont pas tarder à se dérouler. Ils vont commettre une erreur. J'en suis certain.

Soulagée, Stéphanie se rendit compte qu'elle venait de ronger ses doigts jusqu'au sang. Charlotte lui lançait un regard réprobateur. Brodat se tourna vers Neuville et lui ordonna d'apporter la valise. Celui-ci s'exécuta avant de retourner à sa place.

— Ce que j'attends de vous, enchaîna Brodat, s'adressant à Stéphanie, c'est que vous voyagiez avec cette valise bien en vue. Par exemple, vu que cette demoiselle est critique culinaire, allez toutes les deux dans un hôtel-restaurant. Il faut que tout semble normal. Surveillez un peu tout ce qu'il se passe autour de vous. Racontez-moi tout ce qui vous paraîtra suspect : chaque personne louche, chaque événement un brin étrange.

Charlotte s'était glissée entre Stéphanie et le lieutenant.

— Je ne suis pas d'accord, riposta-t-elle. C'est beaucoup trop dangereux. Ils nous ont déjà attaquées à coup de pierres. Qui sait ce qu'ils tenteront maintenant ?

— Ce gang n'a jamais tué personne, objecta-t-il en fronçant les sourcils. Ce qu'il veut, c'est récupérer son butin.

— Jamais tué pour l'instant, précisa Charlotte.

Brodat se redressa. Debout, droit comme un I, il gonfla ses épaules, mettant en valeur sa carrure athlétique.

— Écoutez, leur ordonna-t-il d'une voix ferme. Ils ne veulent que la carte. Elle a énormément d'intérêt pour eux et ils ne feront rien qui puisse l'abîmer. Si je pensais un instant que vous courriez le moindre risque, j'aurais procédé différemment, je vous l'assure.

— Vous êtes certain qu'ils n'ont pas déjà fait une croix dessus ? demanda Stéphanie en souriant.

— Ils ne vont pas abandonner aussi facilement, rétorqua-t-il. Les enchères n'ont pas encore eu lieu. Ils vont tenter quelque chose. Le temps leur est compté.

Il reprit sa marche rapide de la porte à la fenêtre. Charlotte le suivait des yeux en soupirant. Neuville regardait une mouche qui sautillait sur sa chaussure. Stéphanie ferma les paupières pour peser le pour et le contre. Cinq minutes passèrent.

— OK, je le ferai, déclara-t-elle en se mettant debout.

— Non, mais non, objecta Charlotte. Ce n'est pas prudent.

Stéphanie lui fit face.

— Te rencontrer puis coucher avec toi n'était pas très prudent non plus, affirma-t-elle. On se connaissait à peine. Depuis que je suis arrivée ici, rien ne tourne comme prévu. J'ai l'impression de me retrouver au milieu d'un film. Si nous arrêtions ce gang ensemble ?

La bouche de Charlotte esquissa une grimace et elle serra les poings.

— Tu as été fascinée par cette carte depuis la première fois où tu l'as aperçue, poursuivit Stéphanie. Je ne m'étais même pas rendu compte qu'elle avait autant de valeur. C'est grâce à toi tout ça. Tu voudrais abandonner maintenant ? Alors que nous sommes à deux doigts de les arrêter ? Cette carte mérite de retrouver sa place et d'avoir les honneurs.

Brodat souriait. Charlotte ne décolérait pas et Stéphanie se demandait si elle allait réussir à la convaincre.

— Écoute, ça va te permettre de bosser en même temps, s'énerva-t-elle. Et puis zut, si tu ne m'accompagnes pas, j'irai sans toi.

Brodat posa une de ses cartes de visite sur la table de nuit.

— J'ai encore à faire, les informa-t-il. Nous allons vous laisser. Prévenez-moi si quoi que ce soit bouge. Je vous conseille de rentrer mon numéro dans votre portable pour pouvoir me joindre plus rapidement.

Il fit un signe du menton et Neuville ouvrit la porte. Ils refermèrent derrière eux.

Charlotte, le visage empourpré, se frappa la tempe de l'index.

— T'es malade. T'es cinglée, ça ne peut être que ça, explosa-t-elle d'une voix plus aiguë.

Stéphanie se rapprocha et se colla derrière son dos, lui enserrant le corps avec ses bras. Elle lui embrassa le cou.

— Mais non, la rassura-t-elle. Ne t'inquiète pas. On va passer de longues heures ensemble, manger et dormir. Ils ne nous feront rien puisque c'est la valise qu'ils veulent.

— Je ne saurai jamais si c'est ta naïveté ou ta façon spéciale de soudainement prendre des risques qui m'a séduite chez toi. Tu es tellement imprévisible, regretta Charlotte en fermant les yeux.

— Tu n'as encore rien vu, lui promit Stéphanie en lui caressant la joue doucement.

10

— Dis donc, tu as vu la fille là-bas ? se moqua Stéphanie. Ses cheveux sont beaucoup trop rouges, c'est grotesque.

— Je te rappelle que je suis rousse, protesta Charlotte en lui assénant un petit coup de coude.

Stéphanie lui sourit et regarda où elle posait les pieds pour ne pas trébucher.

— Ce n'est pas la même chose. Roux et rouge c'est différent.

Charlotte tourna la tête et lui rendit son sourire. Elles avançaient main dans la main vers le hall de réception. Une bande de geeks complètement perdus déambulait, l'esprit absorbé par leurs téléphones. Ils portaient des accessoires, des costumes et des gros sacs.

— Je pense qu'il y a une convention pas loin. Tu es au courant ? demanda Stéphanie en les désignant du menton.

— Aucune idée, avoua Charlotte en haussant les épaules. Je ne suis pas trop ce genre d'événements. Ce n'est pas vraiment ce qui me passionne.

La route pour arriver vers Le Mans leur avait pris presque une heure et demie. Elles en avaient profité pour faire plus ample connaissance. Elles s'étaient même découvert quelques points communs. Elles avaient chanté pour accompagner la radio. Ces moments de complicité leur avaient fait du bien.

— Tu t'es déjà déguisée ? demanda Stéphanie

— Seulement à certaines occasions, répondit Charlotte d'une voix suave en lui adressant un clin d'œil.

— Les lunettes doivent être un accessoire de mode à part entière. Regarde, s'exclama Stéphanie, ils en ont quasiment tous.

— Peut-être, ou alors, ce sont les écrans qui leur abîment les yeux.

— Je passe la majeure partie de mes journées à taper sur un clavier d'ordinateur et je n'en porte pas, riposta Stéphanie en croisant les bras.

— C'est parce que tu as de trop beaux yeux, lui répondit Charlotte en lui caressant la joue tendrement.

— Arrête ! Ce n'est pas le moment, protesta Stéphanie en rougissant.

Au sol une mosaïque représentant trois lettres entremêlées dans un rond bleu, rappelait les vestiges du passé. De chaque côté, des immenses colonnes délimitaient l'espace. Charlotte espérait que leur chambre se trouvait à l'étage. Elle aurait ainsi tout le loisir d'observer les imposants vitraux en empruntant l'escalier.

— Cette fois, tu n'y verras pas d'objection, si l'on ne prend qu'une chambre ? demanda Charlotte en avançant en direction du comptoir de l'accueil.

Elle n'attendit pas la réponse. La réceptionniste l'informa qu'il n'en restait qu'une seule de libre, au dernier étage. Charlotte en empocha la clef et vérifia que la valise se trouvait toujours entre elles deux. Stéphanie l'empoigna et entama un petit tour du hall, passant devant les fauteuils rouges, feignant d'admirer les plantes décoratives dans leur cache-pot de la même couleur. Charlotte priait tout bas pour qu'elle arrête son cinéma. Toutes les personnes présentes avaient eu l'occasion de voir le bagage.

Elles montèrent dans leur chambre. La superficie de celle-ci dépassait largement celle de la précédente. Le lit de grande taille appuyé sur le mur noir de gauche trônait sur un moelleux tapis foncé. Le reste de la pièce, d'un blanc immaculé, brillait grâce aux rayons du soleil filtrant à travers l'immense fenêtre du fond. Elles déposèrent leurs bagages sur le sol en parquet de chêne clair et Charlotte avança pour fermer en partie les épais rideaux couleur ébène. Elle tourna la tête pour admirer les deux tableaux représentant des joueurs de jazz connus, qui ornaient l'étagère au-dessus du lit. De chaque côté, deux suspensions en métal, au look industriel, servaient de lumière d'appoint. Immédiatement après la porte d'entrée, se trouvaient un petit bureau en bois foncé et son fauteuil à damier noir et blanc. Elles s'assirent sur le lit et s'étreignirent en s'embrassant tendrement. Charlotte vérifia que personne n'attendait caché dans la salle de bain ou sous le matelas. Stéphanie en profita pour envoyer un SMS à Amandine pour l'informer de l'endroit où elles se situaient.

Pour le souper, elles se firent monter un plateau-repas composé d'un assortiment de charcuterie, d'une salade piémontaise et d'un moelleux au chocolat. Elles n'avaient pas très envie de quitter le lit dont elles testèrent la solidité à plusieurs reprises.

— Quoi que nous décidions de visiter, nous aurons l'air louches avec une valise, maugréa Charlotte.

Stéphanie venait tout juste de sortir de la douche et ses longs cheveux détrempaient son t-shirt. Elle brancha le sèche-cheveux et souffla machinalement dessus pour vérifier qu'il ne contenait pas de poussière.

— On n'a pas trop le choix, déclara-t-elle. De toute façon, nos affaires vont rester dans la chambre. On va juste transporter l'appât.

Elle appuya sur l'interrupteur et la soufflerie bruyante coupa court à leur débat. Elle ne souhaitait pas se disputer et entacher les derniers jours qu'elles passaient ensemble. Elle se sentait enfin prête à aimer et à être aimée. Elle avait définitivement tracé un trait sur ses doutes. Fini les soirées à déprimer, à se demander qui voudrait bien d'elle. Ces vacances l'avaient changée. Pour une fois, son horoscope avait eu raison. Charlotte lui avait dit qu'elle l'aimait. Bien sûr, c'était au commissariat et dans des circonstances particulières, mais elle avait prononcé ces mots. Le plus important maintenant était d'aider à arrêter ces malfaiteurs, pour qu'enfin elles puissent se balader sereinement sans craindre pour leur sécurité. Après toute cette histoire, si Charlotte le désirait, elles pourraient faire le point sur leur liaison et envisager une suite. Dans la monotonie de la vie courante, une fois l'adrénaline de l'aventure tarie, auront-elles une chance ? Si une relation stable devait naître, elles devraient la bâtir brique par brique.

— On va déjeuner, j'ai très faim, tu m'as épuisée cette nuit, l'informa Charlotte en prenant la valise dans sa main droite.

Stéphanie la suivit dans le couloir et elles descendirent les escaliers côte à côte. Dans ce vieux bâtiment, il n'y avait pas d'ascenseur. Elle regardait vers le bas, cherchant à savoir, si, parmi toutes les personnes présentes, se trouvait celle qu'elles devaient démasquer. Charlotte paraissait songeuse.

Elles arrivèrent enfin en bas de l'escalier. Debout, l'une en face de l'autre, elles se contemplaient. Stéphanie se demandait pourquoi elles s'étaient arrêtées.

— Je pars pour six mois au Canada, déclara Charlotte en posant la valise. Tu m'attendras ?

Stéphanie sentit ses jambes se dérober. Elle eut l'impression que l'hôtel bougeait tout autour d'elle et dut se tenir à la rampe.

— Six mois ? interrogea-t-elle d'une voix tremblante.

— Je ne peux pas annuler, lui expliqua Charlotte en lui prenant la main. Il est trop tard et c'est prévu de longue date.

Elle caressa la joue de Stéphanie et lui sourit.

— Promets-moi de m'attendre, poursuivit-elle. Six mois, ce n'est pas si long. Nous aurons tout le temps pour apprendre à nous connaître. Je n'ai pas envie de te perdre.

Stéphanie ne répondit rien. Des jeunes patientaient pour monter les marches et elles se décalèrent. Une employée vint à leur rencontre pour leur indiquer la direction du buffet du petit déjeuner, empêchant Stéphanie de penser aux dernières déclarations de Charlotte.

— Je m'appelle Diane. S'il y a quoique ce soit que je puisse faire pour vous, n'hésitez pas à me le demander.

Puis marquant un temps d'arrêt, elle poursuivit :

— Vous avez vraiment des petites mines. Avez-vous passé une mauvaise nuit ? Le matelas n'était pas confortable ?

— Tout était parfait, ne vous inquiétez pas, la rassura Stéphanie, pendant que Charlotte lorgnait déjà du côté des viennoiseries.

Diane réajusta ses cheveux noirs bouclés. Son visage anguleux n'arrangeait pas sa silhouette squelettique qui flottait dans son tailleur foncé. Ses petites lunettes cerclées de métal, bien calées sur son minuscule nez retroussé, dataient d'une autre époque.

— Quelle femme étrange, déclara Stéphanie en s'asseyant, tandis que Charlotte déposait sur leur table assez de victuailles pour tenir trois jours.

— Elle nous surveille du coin de l'œil, chuchota Charlotte en se versant du café. Elle n'est pas serveuse. J'en mettrais ma main au feu.

— Flic ou voyou ? demanda Stéphanie qui sentait son rythme cardiaque accélérer.

— Je ne sais pas encore, répondit Charlotte en haussant les épaules.

Elle engloutit un croissant en trois bouchées, étonnée que Stéphanie prenne tout son temps, pour d'abord séparer les bords recourbés de la viennoiserie, puis couper le corps en quatre morceaux.

— Je ne me souviens pas de l'avoir déjà aperçue, dit Stéphanie à voix basse.

Elle huma les effluves de café tout en épiant constamment les personnes présentes. Entre elles deux, la valise rouge se détachait de façon incongrue.

— Sois plus discrète quand tu observes les gens, la sermonna Charlotte. On dirait un petit chien qui cherche un os.

— Tu parles d'un petit chien, se moqua Stéphanie en riant. Tu as vu ma carrure ?

— J'ai eu une idée pendant que tu te séchais les cheveux, lui apprit Charlotte en remuant son café.

— Ravie que mes cheveux t'inspirent.

— Je ne nous imagine pas aller visiter des musées avec une valise.

— Oui, acquiesça Stéphanie. Heureusement qu'elle est légère.

Elle termina son café et attendit que Charlotte finisse de s'expliquer. Cette dernière buvait par petites gorgées en avalant croissant après croissant.

— Nous allons déambuler dans le vieux Mans, dans la Cité Plantagenêt, proposa Charlotte. Nous nous promènerons main dans la main. Personne ne sera choqué si je porte une valise. Si quelqu'un nous pose des questions, ce dont je doute, nous dirons simplement que nous rejoignons notre hôtel.

Stéphanie acquiesça en faisant la grimace. Marcher pendant des heures ne l'enchantait guère, mais elle n'avait pas pensé à élaborer un plan de secours.

Bien plus tard, de retour à l'hôtel, elles durent admettre que leur approche n'était pas la bonne. Elles n'avaient rien découvert de suspect et traînaient toujours cette fichue valise.

— Montons prendre une douche, soupira Stéphanie. J'ai transpiré, je suis trempée et je meurs de chaud.

— Je mangerais bien une glace, mais nous verrons après, lui répondit Charlotte dont la poignée de la valise avait causé des ampoules à la main.

— Tu ne penses qu'à manger, comme toujours !, se moqua Stéphanie en gravissant la première marche de l'escalier.

Charlotte se retourna et l'embrassa vigoureusement, prenant possession de sa bouche. Elle était bien décidée à l'aider à faire mousser le gel douche un peu partout sur son corps. Main dans la main, elles montèrent lentement. Gênées à la fois par la valise et par leur fatigue musculaire.

— La première sous la douche, lança Stéphanie en ouvrant la porte de la chambre.

Elle s'arrêta net, la bouche ouverte. Amandine se précipita dans ses bras.

— Amandine. Avance, tu bloques le passage, bougonna Stéphanie.

Elle s'exécuta et recula jusqu'au lit permettant aux filles de rentrer dans la chambre. Charlotte en profita pour l'observer. Cette femme les dépassait d'une bonne tête. Le carré plongeant de sa chevelure encadrait des yeux noisette expressifs. Du côté droit, un grain de beauté surmontait ses lèvres charnues.

— Tu n'as pas l'air ravie de me revoir, constata Amandine dont quelques larmes perlaient déjà au bord des paupières.

Stéphanie haussa les épaules et s'écarta pour laisser avancer Charlotte qui posa la valise à l'extrémité du lit, avant de reculer pour s'appuyer contre le mur.

— Tu es entrée comment ? demanda Stéphanie en se baissant pour enlever ses chaussures.

Ses pieds la brûlaient et elle ne les supporterait pas une minute de plus. Elle rêvait de les rafraîchir sous la douche. Elle les regarda tristement.

— L'employée de l'hôtel m'a ouvert après que je lui ai expliqué la situation. C'est une dame très gentille, assura Amandine, qui ne quittait pas Charlotte des yeux.

— Ce n'est pas prudent, répliqua Charlotte qui pianotait nerveusement sur le mur. Si cette cruche t'a faite rentrer, dieu seul sait qui d'autre elle a pu faire pénétrer ici, sous n'importe quel prétexte. Je vais vérifier si rien n'a bougé.

Joignant le geste à la parole, elle partit examiner la salle de bain. *C'est sans doute pour me permettre de m'expliquer avec Amandine*, songea Stéphanie, déçue de la voir fuir ainsi.

— Qui c'est, elle ? demanda Amandine, après que Charlotte se soit éclipsée.

— Charlotte, une… mon… enfin nous sortons ensemble, avoua Stéphanie, dont la rougeur du visage trahissait le trouble.

— Tu as nettement plus de chance que moi, murmura Amandine, une nuance de jalousie dans la voix. Ma nana m'a jetée. Ce matin, après ma douche, je suis tombée sur ton SMS et j'ai vu qu'elle m'avait laissé un message sur l'oreiller : c'est fini.

— Je suis désolée pour toi ma vieille, rétorqua Stéphanie, mais les coups de tête…

— Arrête de me faire la morale, la coupa Amandine, les yeux remplis de larmes. J'ai compris. Tu n'as pas perdu de temps à ce que je vois. Tu ne t'es pas ennuyée. Elle est canon.

— Bas les pattes, répliqua Stéphanie en fronçant les sourcils.

— Je me demande ce que j'ai bien pu faire pour que ça foire cette fois, interrogea Amandine qui se grattait le bras nerveusement.

— C'était couru d'avance tu ne crois pas ? Écoute-moi cinq minutes. Tu n'as croisé personne de louche, on ne t'a rien volé ? se renseigna Stéphanie en la fixant dans les yeux.

— Non. Mais tu me fais peur. Raconte, la pria Amandine en frissonnant.

Comme Charlotte revenait de la salle de bain, elles s'assirent toutes les trois sur le bord du lit, Stéphanie au milieu. Elle relata toute l'histoire. Quand elle eut fini, Amandine fondit en larmes.

— C'est… de… ma… fau… te, bégaya-t-elle. Tout ça est de ma faute, je ne suis qu'une conne.

Elle sanglotait bruyamment. Stéphanie lui tapota le dos, en soupirant.

— Ne dis pas n'importe quoi, la consola-t-elle, en cherchant du réconfort dans le regard de Charlotte.

— Je me demande quand même, comment ils ont fait pour me voler ma valise, sans qu'on ne voie rien, observa Amandine qui fouillait dans son sac.

Elle trouva un paquet de mouchoirs et en sortit un. Elle se moucha dans un bruit de trompette inélégant.

— J'ai vraiment été stupide, avoua-t-elle. Te laisser toute seule et gâcher nos vacances. Tout ça pour une fille. Si j'avais su que tu serais accompagnée, je n'aurais pas débarqué comme ça.

Stéphanie soupira. Elle ignorait comment réagir. Son amie lui faisait pitié, mais elle ne voulait pas perdre Charlotte. Amandine l'avait tant mise en colère ces derniers jours qu'elle s'était juré de lui faire payer, et maintenant l'envie était passée.

— Je vais descendre à l'accueil pour réserver une chambre. J'espère que nous pourrons dîner ensemble, les informa Amandine en se levant.

Elle sortit et Stéphanie se précipita dans les bras de Charlotte. Elle la serra fort contre elle et posa sa tête dans son cou.

— Je suis tellement désolée, murmura-t-elle.

Charlotte lui caressa le dos doucement. Elle sentait les muscles de Stéphanie tendus à travers son t-shirt moite de sueur.

— Ce n'est pas ta faute, la rassura-t-elle. Tu devrais en profiter pour prendre ta douche avant qu'elle ne revienne. J'irai à la salle de bain après toi.

Stéphanie se leva. La déception se lisait dans ses yeux, mais elle tentait de la dissimuler en souriant. Elle se pencha pour donner un doux baiser à Charlotte.

Amandine frappa à la porte avant qu'elle ne soit sortie de la salle de bain. Elle précisa à Charlotte que l'hôtel était malheureusement complet, mais qu'elle allait en chercher un ailleurs pour les laisser tranquilles.

— Tu ne devrais pas t'éloigner, lui conseilla celle-ci en la retenant par le bras.

— Je ne vais pas tenir la chandelle, protesta Amandine, en la fixant droit dans les yeux.

— Tu es mêlée à cette histoire, lui expliqua Charlotte calmement. La valise est censée t'appartenir. Si tu pars maintenant, ils te suivront. Notre plan sera en péril. Non, vraiment, je crois que nous devons rester groupées.

Amandine regarda la chambre en détail et s'assit sur le fauteuil à damier.

— Et tu comptes faire comment ? demanda-t-elle en pointant son index. Il n'y a qu'un lit.

— On improvisera. Je crois que dans cet hôtel, ils prêtent des lits d'appoint, l'informa Charlotte en se levant.

Stéphanie sortait de la salle de bain, des effluves vanillés de son gel douche flottant autour d'elle. Vêtue d'un pantalon ample et d'un t-shirt bleu assorti, elle crispa la mâchoire en constatant qu'Amandine se trouvait aux côtés de Charlotte.

— Plus une seule chambre de libre, se défendit Amandine qui avait pu déceler la colère dans ses yeux. Charlotte prétend que pour les suites de notre affaire, il vaut mieux que nous restions groupées. Je vais aller demander un lit d'appoint et je le poserai dans la salle de bain pour vous laisser plus d'intimité, murmura-t-elle en baissant la tête.

Le temps d'organiser tout ça, dix-neuf heures sonnaient au clocher. Charlotte téléphona à la réception afin qu'on leur prépare trois plateaux-repas pour la soirée. La journée s'était avérée suffisamment forte en émotions. Quelques heures au calme ne se refusaient pas.

Amandine mangea assise au bureau tandis que les deux autres s'installèrent sur le lit. Le menu était composé d'une salade océane, à la fraîcheur bienvenue, de pain viennois, d'une variété de fromages ainsi que d'un riz au lait aux zestes d'orange. Elles optèrent pour une émission de télévision dans laquelle des candidats s'affrontaient sur des quiz musicaux.

— Il va falloir que nous accordions nos violons pour demain, suggéra Charlotte pendant que le premier spot publicitaire retentissait.

— Je vous laisse décider, intervint Amandine. J'arrive comme un cheveu sur la soupe dans cette histoire et je ne sais vraiment pas quoi faire.

— Tu proposes quoi ? demanda Stéphanie en jetant un œil à la valise.

— Le jardin des plantes, leur conseilla Charlotte. Nous serons en plein air. Il y a des zones ombragées. Le gang va se croire invincible et tentera quelque chose.

— On va encore devoir marcher durant des heures, se plaignit Stéphanie dont les pieds ne s'étaient encore pas remis.

— Nous nous assiérons sur des bancs, la rassura Charlotte en passant une main autour de ses épaules. Nous ne sommes pas obligées d'arpenter tous les chemins. Rien ne nous interdit de flâner.

À contrecœur, Stéphanie accepta. Elle s'était engagée et ne souhaitait pas la décevoir.

Cette nuit-là, aucune des trois filles ne parvint à fermer l'œil. Amandine pleurait son amour perdu, Stéphanie lui en voulait d'avoir gâché ses espérances et Charlotte s'inquiétait pour leur sécurité. Elle avait compris qu'elle n'aurait plus de moment intime avec Stéphanie et son diaphragme la comprimait. *J'aurais dû lui dire « je t'aime » plus tôt. Si elle ne m'attend pas ? Six mois c'est long et les occasions ne vont pas lui manquer.* Rien que de sentir sa peau contre la sienne lui donnait des envies terribles, quasiment irrépressibles de la toucher, de l'embrasser, de lui faire l'amour. Mais elle ne pouvait pas. L'esprit ne contrôlait pas toujours le corps et celui de Charlotte se faisait bien comprendre.

Tout le monde se leva de mauvaise humeur et aucune des filles ne traîna dans la salle de bain. Stéphanie se plaignait de courbatures, les yeux d'Amandine étaient encore gonflés par toutes les larmes versées et Charlotte éprouvait des difficultés à se concentrer.

Diane, fidèle à son poste, accourut vers elles, perchée sur ses hauts talons.

— Vous avez une mine affreuse, déclara-t-elle en fronçant les sourcils.

— Ça ira mieux après un bon petit déjeuner, lui répondit Charlotte pressée d'aller manger.

Elle portait toujours la valise rouge. Stéphanie avait tenté de la confier à Amandine, mais Charlotte avait catégoriquement refusé. Amandine avait haussé les épaules sans se défendre et Stéphanie avait compris que la jalousie de Charlotte l'empêchait de faire entièrement confiance à son amie, qu'elle ne connaissait que depuis la veille.

À neuf heures, elles attendaient l'ouverture du jardin des plantes. Pour éviter toute dispute, elles avaient fini par jouer à pile ou face et c'est Amandine qui tirait la valise et ouvrait la voie tandis que Charlotte et Stéphanie restaient en retrait, légèrement à l'arrière pour observer. Elles suivaient leur plan à la lettre. Plus elles exhiberaient la valise, plus elles avaient de chances d'aider à arrêter ce gang au plus vite.

Elles déambulaient toutes les trois, impressionnées de fouler des allées créées entre 1867 et 1870. Jean-Charles-Adolphe Alphand avait accompli un travail extraordinaire dans ce parc de cinq hectares. Elles croisaient aussi bien des individus âgés, que des jeunes couples avec enfants. Les quelques personnes seules qui passaient ne leur prêtaient aucune attention. Cette ballade aurait pu être romantique, si Amandine ne les avait pas accompagnées, et Stéphanie n'arrivait toujours pas à lui pardonner. Par moment, elle rêvait de la planter là, avec sa valise rouge et de s'enfuir avec Charlotte, quelque part, loin de toute cette histoire pour finir le restant de la semaine sous la couette. Dans la partie jardin à la Française, elle lut avec attention les noms inscrits sur les ardoises, près des dizaines d'espèces de rosiers : la Tchaïkovski, la Golden Jet, brillante sous les rayons du soleil ou encore la Pulman Orient Express, fleur jaune bordée de rose qui lui plut immédiatement. Le parfum enivrant des fleurs lui tournait un peu la tête. À son grand étonnement, elle remarqua la présence de Diane dans la roseraie aux mille deux cents plants. Personne ne vint les déranger et sa peur s'estompait au fil des allées. Plus elle se détendait, plus elle en voulait à Amandine d'avoir tout fait rater. Elles s'assirent un instant sur un des bancs.

— À mon avis, ils ont abandonné, murmura Charlotte.

Amandine ouvrit la bouche, mais Stéphanie la fusilla du regard alors elle se tût. La déception de Charlotte la rendait triste. Elle se sentait coupable d'être la cause d'un déchirement entre deux amies si proches.

— Amandine, je sais que tu ne me connais pas, mais je t'assure que mes sentiments pour Stéphanie sont profonds, déclara-t-elle. Quant à toi, Steph, arrête de lui en vouloir. Tes vacances ont pris une tournure différente, mais si Amandine ne t'avait pas abandonnée ce soir là, nous ne nous serions jamais rencontrées. Nous aurons des tas d'occasions dans le futur de passer du temps ensemble. Tu vas peut-être même en avoir assez de m'avoir sur ton dos.

Stéphanie sourit. Charlotte avait raison. Tout n'allait pas si mal. Elle se promenait dans un panorama idyllique avec une superbe femme ainsi que sa meilleure amie à ses côtés. Elles arpentèrent une allée bordée de plusieurs rangées de tilleuls puis se dirigèrent vers le tunnel qui les mena jusqu'au jardin paysagé à l'anglaise. Elles suivirent ses chemins sinueux. Des enfants courraient autour de l'étang et Stéphanie espéra qu'aucun d'entre eux ne tomberait. Elles observèrent les canards et s'enthousiasmèrent de la présence de grosses carpes chinoises dans l'eau.

Stéphanie tourna le visage en direction de Charlotte et remarqua aussitôt que quelque chose la perturbait : ses lèvres étaient pincées, ses yeux surveillaient encore plus intensément, sa démarche était plus crispée, moins naturelle, et ses muscles légèrement tendus. Elles avancèrent sur un pont menant sur une petite île nichée au centre de l'étang.

Les craintes de Charlotte se justifiaient. Une femme les suivait. En quittant le pont, son regard accrocha celui de sa poursuivante qui baissa immédiatement la tête en rougissant et se courba pour resserrer ses lacets. *Je l'ai découverte, elle cherche comment réagir*, songea Charlotte. Elle attira Stéphanie contre elle et l'embrassa.

— Garde ton calme, on nous traque, lui chuchota-t-elle.

11

— Hein ? Quoi ? demanda Stéphanie qui se remettait tout juste de ce délicieux baiser.

Au contact de Charlotte, tout chez elle réagissait : son rythme cardiaque accélérait, son souffle se faisait plus intense, des petites gouttes de sueur perlaient sur sa peau. Les mains de sa compagne dans le bas de son dos avaient éveillé un profond désir. La nuit dernière, elles avaient été privées de caresses, de baisers et d'amour. La frustration exacerbait ce manque. Leurs corps se répondaient et se comprenaient à merveille. Elles étaient douées dans ce domaine.

— Quelqu'un nous traque, répéta Charlotte. Elle lui mordilla le lobe de l'oreille.

Stéphanie sentit le souffle chaud dans sa nuque et n'eut qu'une envie, l'entraîner à l'écart, la plaquer au sol, et lui faire l'amour longtemps.

— Qui ça ? demanda-t-elle, en prenant conscience de ces mots.

Elle reprit la bouche de Charlotte et lui prodigua un baiser tendre et profond. Elle se dégagea délicatement.

— Une femme, lui indiqua Charlotte. Elle est sur le pont : cheveux courts, noirs. Elle feint de s'intéresser aux canards. Fais attention. Ne la regarde pas. Ne te retourne pas. Elle ne doit pas se rendre compte que tu sais.

Elle continua de l'embrasser tout en tournant doucement, de sorte que Stéphanie puisse observer sans en avoir l'air. Elle jeta un rapide coup d'œil en reprenant son souffle.

— T-shirt noir, jeans, lunettes de soleil et des cheveux taillés à la serpe ? se renseigna-t-elle à voix basse.

Charlotte acquiesça et laissa ses mains glisser dans la tignasse de Stéphanie.

— Elle a compris que je l'avais repérée et va sûrement passer à l'action très vite. Tenons-nous prêtes, lui conseilla Charlotte.

Amandine s'approcha à petits pas, en tirant sa valise.

— Vous faites quoi vous deux ? demanda-t-elle. Ça va, je ne vous dérange pas trop ? Il y a des chambres pour ça !

Stéphanie mourait d'envie de lui répliquer que justement, vu qu'elle squattait la leur, elles n'avaient rien pu entreprendre. Elle respira profondément.

— On prenait une petite pause, lui répondit-elle en haussant les épaules.

Elle ne désirait pas l'inquiéter inutilement. Elle connaissait sa propension à paniquer. Si Amandine hurlait, elle ferait échouer leur plan. Elle préférait s'en remettre à Charlotte, parfaitement affûtée physiquement. Elle pratiquait les arts martiaux, ce qui la rassurait. Amandine les observait. Elle étirait son cou, remuait ses doigts et gênée de tenir la chandelle, s'éloigna de quelques mètres en leur abandonnant la valise. Le couple s'étreignit. Leurs yeux parcouraient les alentours. Stéphanie constata que Diane avançait dans leur direction, en leur faisant un petit signe de la main. Arrivée à leur niveau, elle réajusta ses lunettes et leur sourit. Après une courte pause pour reprendre son souffle, elle leur lança :

— Ah, les amoureuses, quelle journée parfaite pour flâner !

Les filles lui rendirent son sourire et elle poursuivit sa route. Amandine, heureuse d'avoir rencontré une dame compréhensive pour discuter, commença à s'entretenir avec elle. Le couple se trouvait trop loin pour entendre ce qu'elles se disaient.

— Elle est toujours là ? demanda Charlotte à Stéphanie, tout en lui déposant des petits baisers dans le cou pour éviter que quelqu'un parvienne à lire sur ses lèvres.

Stéphanie, afin de pouvoir vérifier, desserra ses bras, recula d'un pas et s'étira en bâillant.

— Zut, je ne la vois plus, confessa-t-elle à regret.

Elles se prirent par la main, et tentèrent de l'apercevoir, mais cette inconnue s'était bel et bien volatilisée.

— Ça m'étonnerait qu'elle abandonne aussi facilement, avoua Charlotte en grimaçant.

Inconsciemment, elle serra ses doigts autour de la poignée de la valise. Stéphanie était tout excitée à l'idée de passer à l'action. Ses yeux sautaient d'un endroit à un autre, sans parvenir à se fixer.

— Tu crois qu'elle se cache ? Tu crois qu'elle est armée ? Tu vois quelque chose ? débita-t-elle sans reprendre son souffle.

Elles achevèrent la visite du parc, mais ne remarquèrent plus personne. Déçues, elles retournèrent toutes les trois dans leur chambre d'hôtel, l'encombrante valise rouge toujours entre leurs mains.

Charlotte contacta Brodat pour lui relater leurs aventures. Elle lui raconta tout, dans les moindres détails, puis termina en lui décrivant le plus fidèlement possible le portrait de la femme qui les avait suivis jusqu'au pont.

Une fois qu'elle eut raccroché, Stéphanie, qui se massait les cervicales douloureuses, lui avoua :

— Je suis dégoûtée. J'y croyais tellement. On aurait pu l'arrêter et finir nos vacances tranquillement. Cette nana n'avait peut-être rien à voir avec l'enquête. En se focalisant sur elle, on a peut-être manqué l'essentiel. Et si c'était une simple fille sans importance qui avait juste flashé sur toi ? Tu es tellement sexy.

Charlotte lui sourit et posa sa tête sur son épaule. Même aux prises avec un gang, Stéphanie ne pouvait s'empêcher d'être jalouse. C'était une bonne chose, qui signifiait que ses sentiments à son égard étaient plus forts que ce qu'elle voulait bien avouer. Elle lui prit la main puis la relâcha, se rappelant qu'Amandine allait sortir de la salle de bain d'une minute à l'autre. Ce n'était pas le moment de se câliner.

Quand leur amie les rejoignit, Stéphanie lui raconta en détail ce qu'il s'était passé au jardin des plantes. Amandine devint si blanche, que Charlotte craignit un instant qu'elle ne fasse un malaise. Elle saisit la bouteille d'eau qui trônait sur un plateau posé sur le bureau et lui en versa un verre, qu'elle but d'un trait.

— Je crois que je vais rester dans la chambre et vous laisser passer une soirée en amoureuses, murmura Amandine d'une voix éteinte. J'ai besoin de me reposer et cela vous fera du bien d'être un peu ensemble.

— Pas sûre que ce soit la meilleure chose à faire, riposta Charlotte en repoussant la valise contre le lit. Dans son dos, elle sentait le regard de Stéphanie la fusiller.

Amandine remua ses pieds et joua avec ses doigts. Toute voûtée sur le fauteuil, elle scrutait dans le vide.

— Tu crois vraiment que je risque quelque chose ? demanda-t-elle.

La rouquine hocha la tête et Amandine leva les yeux vers elle.

— Dans ce cas, je ne vous quitterai pas d'une semelle, promit-elle.

Un silence de plomb s'abattit sur la chambre. Stéphanie croisait et décroisait ses jambes. Elle jetait des coups d'œil à Amandine. Toute cette histoire avait eu lieu à cause d'elle. Si elle ne l'avait pas délaissée pour cette fille sans importance, elles auraient pu affronter tout cela ensemble. Quelques larmes naissaient dans ses yeux. Elle détourna la tête.

Le bruit strident de l'alarme à incendie résonna. Charlotte se leva pour aller voir ce qu'il se passait. Quand elle ouvrit la porte, elle aperçut Diane debout dans le couloir, dos au mur. La serveuse pivota, réajusta ses petites lunettes de la main gauche et fit quelques pas dans sa direction en lui adressant un grand sourire. Elle la contourna afin de pénétrer dans la chambre.

— Vous devriez vous dépêcher de sortir ! s'exclama-t-elle.

Stéphanie soupira. Elle haussa les épaules.

— Oh, ça doit être un de ces jeunes geeks qui a voulu faire le malin devant ses copains, maugréa-t-elle, en remettant de l'ordre dans ses longs cheveux blonds.

Après Amandine, c'était Diane qui envahissait son espace. Elle n'avait pas remarqué à quel point ce visage anguleux lui conférait un air sévère. Amandine pleurait, terrifiée, recroquevillée dans son fauteuil. Après toute cette histoire, l'idée qu'un feu pourrait se propager et les griller toutes les trois, dépassait tout ce qu'elle pouvait endurer. Elle tremblait et claquait des dents malgré la fournaise qui régnait dans leur chambre.

— Je n'ai pas envie de prendre de risque. On sort. Allez, les filles, cria Charlotte pour se faire entendre.

Stéphanie remua ses jambes pour faire circuler le sang. Elle se mordit la lèvre et se pencha légèrement en avant afin d'enrouler ses doigts autour de la poignée de la valise.

— Mais qu'est ce que tu fous ? protesta Charlotte, les yeux arrondis, les sourcils levés et la main droite suspendue dans l'air.

— Je ne vais quand même pas la laisser là, se récria Stéphanie en la désignant du doigt. Ce serait trop con de l'abandonner si près du but.

— T'es cinglée, je t'aime trop pour te voir mourir brûlée. Ramène tes fesses. Amandine arrête de pleurnicher et lève-toi, ordonna Charlotte en frappant dans ses mains.

Le regard croisé entre Stéphanie et Charlotte générait un fluide aussi chaud que les flammes d'une cheminée. Il leur redonna du courage. Elles tournèrent la tête en direction de Diane. Elles aperçurent un mini revolver chromé qui brillait dans la paume de sa main. Elle visait Stéphanie entre les deux yeux, à l'endroit où l'arrête du nez s'achevait et où des petites gouttes de sueur commençaient à perler.

— Diane, murmura Charlotte, les bras le long du corps.

Les poings serrés, elle contractait ses muscles.

— N'essaie même pas, lui conseilla Diane en enlevant le cran de sûreté.

Stéphanie cherchait des yeux sa compagne, espérant déceler un signe, mais celle-ci baissa la tête. Elle venait de comprendre qu'elle avait laissé passer sa chance. Si elle l'avait attaquée cinq secondes avant, Diane n'aurait pas pu tirer, mais elle s'était pétrifiée comme si elle avait croisé le regard de la méduse.

Amandine sanglotait. Elle reniflait bruyamment, des grosses larmes roulant sur son visage.

— Toi la rouquine, donne-moi la valise, ordonna Diane d'une voix grinçante.

— Je ne veux… je ne… je ne veux pas mourir brûlée, bégaya Amandine qui avait soudainement relevé la tête pour observer la scène qui se déroulait dans la chambre.

Charlotte qui s'était avancée jusqu'à la valise tourna la tête dans sa direction.

— Quelle cruche tu fais !, l'apostropha-t-elle. Tu ne vois pas qu'elle a arrangé tout ça pour récupérer la valise ?

— Mais c'est qu'elle a un cerveau, dis donc, railla Diane dont l'index frôlait dangereusement la gâchette. (Elle fit claquer sa langue et marqua une courte pause.) Je n'ai plus envie de jouer, vous m'avez fait perdre trop de temps. C'est simple : tu donnes la valise, ou je la tue. Je compte jusqu'à cinq. Un...

— Je ne suis pas sûre..., commença Stéphanie.

— Toi, la blonde, la ferme, la coupa Diane. Deux...

Sans quitter l'arme des yeux, Charlotte se rapprocha de Diane. La carte ne se trouvait pas dans la valise. Si cette femme vérifiait, elles étaient mortes. Elle serra la poignée et fit un petit pas. Diane recula lentement. Elle gardait son arme braquée sur Stéphanie. Quand elle fut pratiquement dos à la porte, elle l'ouvrit de la main gauche. Une fille entra, lança un regard circulaire aux alentours. Apercevant ce qu'elle cherchait, elle avança jusqu'à Charlotte. À moins d'un mètre d'elles, Stéphanie n'osait pas bouger. Au moindre geste, elle risquait de se prendre une balle. Elle retenait son souffle. Sa sueur coulait le long de sa colonne vertébrale. La sonnerie de l'alarme retentissait toujours, couvrant les respirations bruyantes et les reniflements d'Amandine.

Charlotte s'écarta rapidement et monta la valise sous son menton. Stéphanie comprit ce qu'elle s'apprêtait à faire. Elle contracta ses muscles. Charlotte se rua sur Diane et lui abattit violemment le bagage sur la tête. Dans la foulée, Stéphanie bondit sur le côté et asséna un crochet du poing dans la mâchoire de l'inconnue qui chancela avant de s'écrouler au sol. Stéphanie parée à se défendre la regarda, puis, une fois certaine de l'avoir mise hors d'état de nuire, elle jeta un œil à Charlotte, qui lui fit un signe du pouce. Diane était KO. Stéphanie s'empara de l'arme et tint en joue leurs agresseuses pendant que Charlotte cherchait quelque chose pour les attacher.

— Tout va bien ? cria Charlotte depuis la salle de bain.

— Oui, mais dépêche-toi un peu, répondit Stéphanie sur le même ton.

Dans la salle de bain, Charlotte réfléchissait à toute vitesse. Un sèche-cheveux était suspendu à un crochet à droite du minuscule lavabo en céramique blanc. Elle s'en empara et testa la solidité du fil en tirant dessus. Elle ouvrit les portes du meuble-miroir en face d'elle, à la recherche de quelque chose qui lui permettrait de couper le fil électrique. Ne trouvant rien, elle fouilla dans les tiroirs du meuble sous lavabo. Elle soupira en fixant le sèche-cheveux. Elle regarda autour d'elle en se passant une main dans les cheveux. La manche de son peignoir dépassait de derrière la porte. *Mais bien sûr !* pensa-t-elle. Elle avança d'un pas rapide, ferma, enleva les ceintures de leurs deux sorties de bain. Elle retrouva les autres dans la chambre.

— Steph, donne l'arme à Amandine et aide-moi à bouger Diane, lui ordonna-t-elle en se penchant au-dessus de la tête de celle-ci. Stéphanie inséra le plus délicatement possible le pistolet dans la main d'Amandine, qui tremblait aussi fort qu'une machine à laver en plein essorage. Elle perdit deux secondes à remettre le cran de sûreté. Dans cet état, son amie aurait pu lui tirer une balle dans les fesses sans le vouloir. Charlotte lui fit signe de prendre les jambes de Diane, pendant qu'elle la soulevait par dessous les bras. Elle pesait plus lourd que ce que sa silhouette ne le laissait présager. Elles tanguèrent légèrement en rapprochant Diane de l'inconnue. Charlotte les installa dos à dos, couchées sur le côté. Elle saisit une des ceintures blanches qui était posée sur le lit et la jeta à Stéphanie.

— Attache leurs chevilles ensemble, le plus solidement possible, lui conseilla-t-elle.

S'emparant de la deuxième ceinture, elle s'attela à ligoter leurs poignets très serrés.

— Ne les quitte pas des yeux, ordonna-t-elle à Amandine.

En se relevant, Stéphanie s'avança vers Charlotte pour l'enlacer. Elle lui sourit.

— Voilà, nous sommes balaises, constata-t-elle en riant.

Les deux femmes commençaient à s'agiter sur le sol de la chambre et Amandine serra l'arme un peu plus fort.

— Espèce de sale p…, débuta Diane.

Stéphanie ne la laissa pas finir et lui ordonna de se taire avant de lui asséner un coup de poing au visage.

— Bon j'appelle Brodat, l'informa Charlotte qui avait déjà le téléphone portable collé à l'oreille.

Elle leva les yeux vers Stéphanie, lui envoya un baiser du bout des lèvres.

— Je t'aime, ajouta-t-elle.

— Moi aussi, répondit Stéphanie en rougissant.

— Tu ne me le diras donc jamais ? demanda Charlotte en lui posant une main sur l'épaule.

— Je t'aime. Je t'aime aussi, murmura Stéphanie au moment où le lieutenant décrochait.

— Je n'aime pas les adieux, bougonna Stéphanie.

Elle embrassait Charlotte du bout des lèvres à l'aéroport de Bâle Mulhouse. Elle avait pris une journée pour l'accompagner. *Pourquoi partir un mardi ?* Sa montre indiquait presque midi et demi. Il y avait une heure, elles avaient rapidement avalé sans appétit, un sandwich jambon beurre.

— Ce n'est pas un adieu, juste un au revoir. Je reviens dans six mois, promis. Promis, répéta Charlotte plus doucement en lui déposant un affectueux baiser sur les lèvres.

Elle lui tenait le menton entre son pouce et son index et caressait délicatement sa joue de son autre main.

— Je n'ai pas d'autre choix que de te faire confiance, admit Stéphanie en soupirant.

Charlotte vérifia son billet. Le moment était venu. Elles se tenaient par la main, baissant la tête pour éviter de se regarder. Elles ne voulaient pas pleurer pour ne pas gâcher leurs derniers instants. Pourtant les larmes montaient.

Le séjour s'était terminé trop rapidement. Brodat avait accouru, toujours tiré à quatre épingles, sa fine cravate noire bien centrée sur sa chemise blanche. Il était suivi comme son ombre par Neuville. Le gang avait été vaincu. Diane avait livré tous les noms sans difficulté. Brodat avait appris aux filles qu'elles n'avaient jamais été vraiment seules. L'inconnue du pont était en réalité une policière en civil. *Elle était nulle en filature, elle devrait changer de métier*, avait pensé Stéphanie, mais elle n'avait rien dit, trop heureuse de pouvoir passer ses dernières heures de vacances dans les bras de Charlotte.

L'embarquement fut annoncé et elles se lâchèrent la main.

— On s'écrit, on se téléphone, on se fait des visios, mais on se donne des nouvelles tous les jours, affirma Stéphanie d'un ton qui ne laissait place à aucune objection.

— Tous les jours, répéta Charlotte en s'éloignant et en essayant de sourire.

Elle ne voulait pas laisser un souvenir triste à Stéphanie.

Amandine patientait un peu à l'écart, assise sur un banc. Elle contemplait le flot des voyageurs, ravie de ne pas en faire partie. Quand elle vit Stéphanie approcher, elle se leva. Elle avait prévu de l'emmener faire les magasins pour lui occuper l'esprit et éviter qu'elle ne passe le restant de la journée à pleurer, affalée sur son canapé en regardant des mauvais feuilletons à la télé. Son amie arriva à sa hauteur.

— Ça va vite passer ! Ne t'inquiète pas ! Six mois, ce n'est rien, la consola-t-elle.

Stéphanie la prit dans ses bras.

— J'ai confiance, avoua-t-elle. Pour la première fois de ma vie, je me sens prête. Tu avais raison. J'ai le droit d'aimer et d'être aimée. Elle va juste beaucoup me manquer.

Épilogue

— Salem ! Sors de mon sac tout de suite, ordonna Stéphanie d'une voix ferme, en faisant de grands gestes.

Elles allaient être en retard pour le musée dédié à Xavier Marmier. Charlotte avança vers le sac et se baissa pour prendre le petit chaton noir, dont les tendres yeux verts la faisaient complètement craquer.

Il leur adressa un miaulement surpris et ronronna en se frottant contre elle. Stéphanie s'approcha et passa affectueusement son bras autour des épaules de Charlotte.

— Il nous rend dingue ce petit, soupira-t-elle en souriant.

Elles s'embrassèrent en faisant attention de ne pas écraser Salem, qu'elles avaient recueilli il y avait un mois à peine.

Charlotte aimait encore plus les animaux qu'elle, et Stéphanie se dit qu'elle avait beaucoup de chance d'avoir rencontré quelqu'un d'aussi doux, sensible et généreux. Elles avaient éprouvé des difficultés à se mettre d'accord sur un prénom pour leur animal, qu'elles avaient surnommé pendant dix jours chaton. Sa vivacité et sa propension à faire des bêtises les avaient aidées à se décider.

Charlotte avait tenu sa promesse et était revenue auprès de Stéphanie au bout de six mois. Elles avaient emménagé très rapidement ensemble, jugeant qu'elles avaient déjà été séparées trop longtemps. Depuis elles filaient le parfait amour, même si Charlotte s'absentait régulièrement pour son métier. Cela laissait un peu d'oxygène à Stéphanie, qui avait toujours apprécié son indépendance.

Entre elles, l'attirance et la passion étaient aussi fortes qu'au premier jour, et le désir ne faiblissait pas, malgré la routine. Elles avaient trouvé l'accord parfait.

Elles arrivèrent au musée légèrement en retard. Charlotte s'était garée un peu loin et les pieds de Stéphanie la faisaient déjà souffrir.

Le conservateur leur fit signe. Elles s'approchèrent de lui. Il sourit en dévoilant toutes ses dents.

— C'est grâce à vous si cette carte est désormais en sécurité ici et si tous les visiteurs peuvent l'admirer, s'exclama-t-il. Merci beaucoup pour tout ce que vous avez fait et pour les risques que vous avez pris pour sauver ce trésor.

— Le collectionneur à qui elle appartient a bien fait de vous la prêter, remarqua Charlotte, dont les yeux ne pouvaient une fois de plus s'empêcher de l'observer.

— Si vous n'aviez pas aidé à arrêter ce gang, nous n'aurions rien à exposer, assura-t-il en se tournant tendrement vers l'objet de la convoitise.

Un présentoir en bois foncé mettait en valeur la carte. Les visiteurs s'approchaient déjà pour l'apercevoir. Son histoire avait été relayée par les médias et les curieux ne manquaient pas.

— Amandine nous a une nouvelle fois fait faux bond, constata Stéphanie d'une voix triste.

— Que veux-tu elle est Amou-reu-se… et cette fois c'est la bonne, répliqua Charlotte, en imitant Amandine et en remuant le bassin.

Elles s'éloignèrent un peu, à l'écart de la foule qui déambulait dans toutes les allées.

— De toute façon, c'était notre aventure, décréta Stéphanie en prenant amoureusement la main de Charlotte qui s'arrêta face à elle.

Elles se regardèrent dans les yeux.

— Nous n'oublierons jamais notre rencontre, murmura Charlotte en lui caressant la joue.

— Cupidon avait employé de grands moyens, constata Stéphanie en riant. Toute cette aventure a été si irréelle. Tu as été parfaite avec ton coup de valise !

— J'ai adoré quand tu lui as mis un coup de poing. Tu m'avais caché ton talent de boxeuse. Elle n'en menait pas large, la pauvre, se moqua Charlotte. Stéphanie la serra contre elle.

— Nous sommes deux héroïnes, conclut-elle.

— Embrasse-moi, mon amour, murmura Charlotte. Quand notre maison sera achevée, nous y planterons les rosiers Pulman Orient Express, que tu aimes tant.

FIN

Remerciements

Je remercie sincèrement tous ceux qui ont suivi cette aventure.

Un merci à ma famille pour les moments partagés, souvent à distance, jamais très loin.

Merci à mes amies : Michèle, toujours fidèle, avec un cœur grand comme ça, Virginie, à mes côtés depuis tellement d'années…

Merci à S.B dont le soutien, les encouragements et les conseils quotidiens sont bien plus précieux pour moi que tout l'or du monde.

Merci à tous mes lecteurs.

Du même auteur

L'amour à croquer :

Amour et Croissants Chauds (tome 1)

Amour et Chantilly (tome 2)

Les enquêtes de Maxence Jacquin :

L'immeuble aux secrets

Le bracelet de Madame C

L'inconnue endormie

Autres romans :

Les lettres argentées

Alex vox

Née en 1978 à Montbéliard, dans une nuit sombre d'août, dans laquelle la nouvelle lune était presque invisible, elle se prend de passion pour la littérature très jeune, dévorant des livres par centaines, empruntés à la bibliothèque où elle va le mercredi après-midi après les cours de musique. Grâce à une professeure de français qui croit en ses capacités, elle commence à écrire dès le collège des nouvelles, puis des poèmes. Depuis, elle ne cesse de compléter des carnets et d'imaginer des nouvelles intrigues.

Au fil des années, ses rencontres, ses histoires d'amour et d'amitié vont nourrir son imagination et aider à l'ébauche de ses romans.